やさぐれ長屋与力

お奉行の密命

早瀬詠一郎

コスミック・時代文庫

この作品はコスミック文庫のために書下ろされました。

目次

一　子供つき大家

一

空が薄っすらと白んできたのが、戸障子ごしに見える。

大家の紅三十郎は寝巻のまま外に出て、まだ消え失せてない月を眺めたくなった。

ここ浅草阿部川町の紅梅長屋へ送り込まれて一年余、侍に生まれ育った身には刺激の強すぎる日々がつづいてばかりの気がしてならない。

「月と遊ぶ風雅な心もちを、忘れておった……」

つぶやいてみたものの、三十郎は三十一になる今まで風流とは無縁のまま、ひと言で片づけるなら野暮な男でしかなかった。

花鳥風月を無骨きわまりない与力見習に改めて教えてくれたのは、江戸の町人たちである。

正しくいうなら教えてくれたのではなく、それとなく見せてくれたと言うべきだろう。銭の使い方、身の引きよう、褒める叱るなど、忠義実直を旨とする武家とは似て非なる様を示してくれた。

入口となる戸障子を開けて首を突き出してみれば、淡い半月が「また今夜」と、さようならと言った気がした。

「うむ。今日一日、しっかり生きよう。また宵の口に」

挨拶を返したところへ、不粋な音。

ガラガ、ラッ。

隣家の女房おくみが、蹴った戸障子を力いっぱい開けて顔を出してきた。

「まったく、朝一番から足を使わせる戸なんだから、もう」

傾いだ戸障子を蹴って開けるのは、勾配長屋の名の由来そのものとなっている。

「早いな。亭主はもう仕事か」

「その逆だわさ。昨日の晩、町木戸が閉まったあとまで客を乗せていたんで、ここに帰るまで番屋ごとに頭を下げまくり。寝たのは真夜中だもの、いまだ大鼾。うるさくて、起きちゃったのよ」

「左様であったか。まぁ稼げたのだ、眠らせてやれ」

駕籠舁を亭主に持つ女房にも、それなりの苦労があるらしいと苦笑いした。

「ついでだから、大家さんの着ている物も洗いましょうか」

梅雨の明けた六月となり、じめっとした湿気は失せた。代わりに鬱陶しい蚊が攻めてくる季節は、勾配長屋に禁じ手が生じた。

プゥ～ン。

耳元で蚊が唸ると、闇雲に手をふり上げて叩こうとして首なり顔を叩くが、たいがい外す。音を追って、壁をドン。

名にし負う傾いだ裏長屋が、グラリと揺れる。壁に穴が開くのは構わない。しかし揺れが柱を伝って梁に至れば、全世帯が崩壊を見るのだ。

その日から住人は流浪の身となり、表長屋ばかりの浅草阿部川町から古びた裏長屋は除去されてしまう。

表長屋に暮らす町人にとって、貧乏くさい裏長屋は迷惑この上なかった。

知り人なり親戚の者を招きたくないのは、勾配を見せる紅梅長屋が近くにあるためで、言い訳に窮する。

「なんだか眩暈が……」

「そう思うのも、無理はない。向かいの裏長屋を見ていると、なにが真っ直なのか分からなくなる」

「人が住んでるんですか？」

「まぁな。でも貧民ってわけじゃないし、大家は町奉行所の役人なものだから、強いことを言えなくて……」

大江戸と呼ばれるようになって、五十年以上たつ。ご府内の町家はどこも一杯で、引越しは言うほど簡単ではなくなっていた。

諸色の高騰が、更に人々を縛りつけた。嬉しくないことには、武士も町人も銭に搦め取られてしまったからだった。

「どうなのよ、大家さん。洗い物、ないの？」

「あぁ洗い物か……。寝巻を、出すか」

「褌は」

「拙者の、下帯を出せと申すか」

「気にしないわよ、黄ばんでいても」

おくみの言い方がサッパリしていたので、邪推は無用と脱ぐことにした。

古浴衣だった寝巻をハラリと落した三十郎は、誰はばかることなく六尺の下帯を外しはじめた。

「――――」

目を剝いた長屋の女房は、自ら言いだした手前、平静を装った。

三十郎も堂々と、臆することなく井戸端に蹲踞のかたちを取って、頭から水を浴びた。

「お湯屋の番頭さんでもある大家さんが、朝から体を洗うんですか」

「分からぬであろうが、湯屋ではいつも終い湯でな。今ひとつなのだよ」

汗を掻いていたわけではないものの、夏の井戸水は気持ちよかった。

町人女房を前に、武士が裸を晒す。少し前までの三十郎には、考えもしなかった愚行である。

幕府御家人の倅として八丁堀組屋敷に生まれ育ち、武州秩父の代官所役人の養子となって妻子まで持ったが、跡嗣のない長兄の早逝によって八丁堀与力見習となった。

ところが、あまりに杓子定規な性格は、江戸の役人として不向きと嫌われた。

「江戸の水で、洗い直して参れ」

そう言って紅梅長屋の大家に仕立てて送り出したのは、前の名奉行遠山左衛門尉（のじょう）である。

町家の右も左も分からぬ三十郎は、見るもの聞くものにおどろいた。

送り込まれた長屋の連中は、もっとおどろいた。今どき糞真面目な田舎武士が、江戸にいたと。

やがて両者はほどよく混じり合って、一端（いっぱし）の江戸侍になれたものと当人には思えた。

その思い込みが、この様（ざま）である。

「大家さんねぇ、なるほどあたしは駕籠舁の女房よ。滅多なことじゃおどろきませんけど、そんなもの朝っぱらから見たくないっ」

おくみは手にしていた白っぽい塊（かたまり）を、怒りにまかせて投げつけてきた。

ボコン。

音がしたわけではないが、三十郎には音のように聞こえた。

「うっ」

呻（うめ）いたきり股間を押えながら、へたり込んでしまったのである。

「ご、護身用の、石礫（いしつぶて）を持ち歩いてか。駕籠舁の女房は……」

「石礫って、これ？」

三十郎の股ぐらに落ちた白い塊を、おくみは手に取った。

「昨日ひと晩じゅう駕籠で駈けずりまわっていたお客は、蘭方医だったらしいの。遅くまでわるかったと、酒代に添えてくれた物ですって」

「投げるための物を」

「まさか。シャボンって言う物で、着物を洗うときの糠袋みたいな薬だって聞いたわ」

言いながら、おくみは盥の中に張った水にそれを濡らすと、洗い物に擦りつけた。

「ヌルリとする。匂いが強い。泡が出てきたじゃないの……。あら、黄ばみが白くなってる」

「拙者の下帯を試しに、異国の薬を用いたのか」

「わるかったわね。でも、大家さんの褌は新品同様になるかも」

「褌ではなく、六尺の下帯と申せ。おまえさんたちの亭主が締める越中もわるくないが、武士たる者は六尺で身を引き締めるのだ」

「どうでもいいけど、なにか締めてきなさいってば」

また投げつけられては堪らないと、三十郎は家に引っ込んだ。

昼下がり。知らぬまにあらわれたにもかかわらず、亀の湯の脱衣場がパッと明るんだ気になるのは、評判の芸者〆香が来たからだった。

三十半ばになると聞くが、二十七、八と言っても通じる若やぎは、三十郎でも妾に囲いたいと思わせるほどの女っぷりを見せた。

色が白くて面長な顔だちは國貞の絵を見るようで、商家の内儀から子守っ娘までが見惚れる女だった。

が、当人はいたって謙虚な上に、人柄が上出来、加えて芸が良いとなれば、神田や日本橋からも客が来て〆香を名指して招ぶという。

湯屋の番台にすわる三十郎は、脱ぐ姿を見ないよう心がけた。幕臣の矜持ゆえである。

「わが亀の湯の脱衣場は、見世物小屋ではない」

声高らかに言い放ちたかった。

人気の芸者であれば、若い朋輩芸者どもは金魚の糞となって、亀の湯に随いてくる。

今日も五人の若い女が、ワァキャァ言いながら入ってきた。

「お長屋の大家さん、いつもお元気そうで」

金魚の糞がありきたりの台詞で挨拶をすると、〆香は賢母のするような笑みで人数分の湯銭を置いてゆく。

――こんな女親がいたなら、子は立派に育つにちがいない。

いつもそう思ったが、残念なことに芸者〆香に子はないようだ。その女の鑑が、一人で番台にすわる三十郎のところへやって来る。

「番頭さんが奉行所のお方と知って、ねがいたい話がございます……」

小声ながら、明らかに自分への頼みごとだと知れ、嬉しい震えをおぼえた。

「なんなりと申すがよい」

威丈高な返事をしたかと悔いたが、男への女のねがいごとだと信じて熱くなった。

「お人柄を見込み、女をひとり助けていただきたいのです」

いやらしい男を遠ざけてほしい、放蕩者の兄が銭の無心に来ては困らせますというのなら、どんなことをしてでも守ってあげよう。

三十郎はなにを措いても、〆香と親身な関わりを持ちたくなった。男と女の交わりがなくても、江戸で一、二の芸者の弟分になりたくなってきた。

〆香が次になんと言ってくるかと、三十郎はじっと待った。

「今宵五ツ刻すぎ、お長屋へ伺わせていただいてよろしいでしょうか」

「よろしい。凄くよろしい」

嬉しいと言えずに、わけの分からない返事をしてしまったが、膝は喜びに震えた。

逆上せるとのことばがある。図に乗って舞い上がってしまうことを指すが、まさにそれだったが、当人は分からない。

客の出入りは、上の空。客が他人の下駄を履こうが、お構いなし。釣銭の代わりに糠袋を渡し文句が返ってくると「気にするな」と笑い返す。

「番台の侍野郎が、おかしい。熱でもあるんじゃねえか」

終い湯まで、心ここにあらずの三十郎となっていた。

二

三十郎は走って帰った。毎度いただく湯屋の夕膳さえ拒み、家の掃除に精を出しはじめた。

九尺二間が二軒分、これが大家三十郎の住ま居で、鍋釜どころか竈さえ使ったことはない。畳は破れていないが、雑巾がけをしていなかったので襷を掛けた。戸障子を拭きつつ、長屋の中央を走る溝板を整え、厠と芥溜まで磨こうとした。

世間の大家の口うるさい理由が、これで知れた。

「いつ誰が来てもいいように、ふだんから綺麗にしておけっ。間もなくやって来るのは、大名なんかじゃない。江都一の、〆香姐さんであるぞ」

幸いなことかどうか分からないが、紅梅長屋の住人は出て来なかった。出て来たなら今夜は異変がありそうだと、大家から目を離さず、鵜の目鷹の目になったろう。

あれほど雅趣を寄せた月さえも見ず、表に〆香の影が立たないかと、とうとう長屋口から通りに出て待った。

大の男、それも幕臣が芸者をお迎えするなど、前代未聞の珍事となる。が、世間に顔向けができない、とは思わない三十郎となっていた。

来てくださるのは、町奉行に匹敵する名妓なのだ。

遠山さまが来たなら、汚なくしておりますゆえ、お気をつけねがいます。しかし、〆香姐さんの場合は、

「畳が汚れておりますゆえ、拙者の手の上。いやいや、膝の上にでも」

そう言うと決めた。

傾いだ裏長屋の大家も、亀の湯の番頭も投げうって、名妓の僕となって一生をすごす。

八丁堀に居残る妻子など不用、侍身分も要らない。尽くしに尽くして、踏みつけられても悔いはない。

――なにを考えておるのだ……、この俺は。

夜鳴き蕎麦の屋台を見て、腹が空いているのを思い出してしまい、少しばかり自分を取り戻した。屋台に足を向けたところへ、〆香の影が立った。

新堀と呼ぶ川に架かる菊屋橋に、左褄を取る姿が見え、三十郎は駈け出しそうになって足を止めた。

浮かれていると思われては、侍の信を失う。ここは一つ幕府役人らしさをと、愚かなことながら二枚目を気取った。

〆香のほうも気づいたらしく、小走りとなって近づいてきた。

「ほんとうに、申しわけございません。夜分にもかかわらず」

「なんの、市中の町人を助けるのがわれらの役目。か弱い名妓に、手を貸すのも侍の道。ここへ来たのは、紅梅長屋を探すのが厄介であるかと」

月灯り(つきあか)の下で、下手な見得を切った。

「ご存じないので？　阿部川町のお長屋は有名ですの」

「――。子どもが寄りかかるだけで全壊という……、評判か」

嬉しくない高名を指摘され、うつむくしかなかったところに子どもがいるのを見た。

「連れて来られたのか」

「はい」

「そなたの、娘御であるか」

「いいえ。預かり者でございます」

話しながら参りましょうと、〆香は歩きだした。付いてきた子どもは、チラチラと三十郎を見ては遅れまいと歩いている。

数えの六歳くらいか、小さいわりにしっかりした目を持っていた。

芸者それも名妓とされる女であれば、妹分なり娘分と称する若い芸者が慕ってくるものだ。

そうなると自身の旦那の力を借りて置屋(おきや)を営み、当人は座敷に出なくなるものだと聞いていた。

が、〆香に限って、旦那を持たない稀有な芸者という。

芸ごとが好きで男が嫌いとの噂だが、匂い立つほどの色気は男嫌いには思えない。女に疎い三十郎でも、それは分かった。

「なんでしょうか、不思議な香りが」

〆香の目は三十郎の腰を見つめ、なんの匂いかと首を傾げた。

「あっ、シャボンと言ったか」

「お役人さまは、シャボンをお使いなのですか。素敵……」

美人が来るならと、三十郎は今朝おくみに洗ってもらった下帯を締めてきた。

それを褒められた。

豪商らの座敷に顔を出す芸者なら、シャボンの三つや四つは手にしているのだろう。幸先がいいと、三十郎はニンマリとした。

その顔を、子どもに見られてしまった。なぜか、怖い目を向けてくる。

「確か人助けとか申されたが、この娘御を」

「いいえ。助けていただきたいのは、あたしでございます」

「助けよう。武士に二言はない」

「まぁ心強いおことば、なんとも古めかしい殿方でございますこと」

話は三十郎が想い描いた方向へと、進みそうだ。

なぜか小さな子を連れてきた。〆香の娘と言ってもおかしくないとなれば、三十郎を亭主役に据えて、魔の手から逃れようとの算段ではないか。

——二日か三日、いや半月ほども親子三人が暮らしているのを、誰彼となく見せつけるだけでよかろう。

願ったり叶ったりと、三十郎は仮りの夫婦(めおと)を求められるにちがいないこと以外に、思いを馳せられなくなっていた。

そうなると、こまっしゃくれて見えた子どもが可愛くなってくる。

子どもの手を握ってみた。おどろいた小娘は、手をふり払って〆香に寄って行った。

紅三十郎は幕臣であり、嫡男もいる。武士にとって、継嗣がいさえすれば後顧(こうこ)の憂(うれ)いなく奉公でき、どこにいようと息災でありさえすれば、紅家が絶えることはないのだ。

三十郎ひとり出てきた八丁堀の組屋敷には、妻女おりくと五歳になる伜(せがれ)があり、八歳の姉と三人で暮らしている。

かれこれ一年半ばかり、顔も見ていなかった。淋しいなんぞという情は、侍にとって無用とされたし、実際ひとつも淋しいと思ったことはない。

今こうして江戸の名妓と歩いていると、秩父代官の娘だった妻など取るに足らない田舎女であり、わが子への情はかなり薄まっている気がしてきた。

考えるまでもなく、将軍であれ藩主に仕える侍とは、地の果てであっても単身で赴くものだった。

遠い九州の外様からは毎年のように藩士が江戸詰となるし、幕臣にも蝦夷地に警固方として居つづけている者が大勢いた。

夫婦の情愛なり親子の慈愛など、忠義の下にあっては意味をなさないものである。

もちろん三十郎もその例に洩れず、妻子など捨てたも久しい。が、急造ながら極上の女房を迎えるとなれば、元気百倍どころか精力絶倫を想い描けた。

有難いことに長屋に入るまで、知り人ひとりとも顔を合わせずに済んだ。

「ここでござる。男やもめながら、さほど見苦しき暮らしはしておらぬ。ささ、中へ」

薄い板壁ごしに女の声が聞こえてはと低く出れば、〆香もまた口をつぐんだまま頭を下げてくれた。しかし、小娘が声を上げた。

「ここが、あたしのお宿になるの？」

〆香はその口を押え、無言でうなずいた。

三十郎は長屋の連中が顔を出して来やしないかと、目を閉じて耳を澄ました。

どこの戸障子からも蹴られる音はなく、そっと戸を閉めた三十郎は、部屋の行灯に火を入れた。

「なにもない」

子どもが箪笥一棹もない大家の家を見廻しながら、不安げに目を細めている。

「いや。拙者の着替えは、近くの亀の湯に預けてあるのだ」

「御飯は？」

「それも湯屋にて――」

「小父さんは、お湯屋の人なの？」

屈託がないところは子どもらしいが、色街に育った子どもは妙におしゃべりが過ぎるものだと、顔をしかめた。

「申しわけございません。紹介を先にしておかなくてはなりませんでした。この子の名は、おちょう。預かってはおりますが、歴としたお侍の子でございます」

「浪々の身がつづき、男親は芸者の養女に出したか」

「いえ。これには浅からぬわけが……」

〆香が声を落としながら顔を近づけて来たので、三十郎は思わず身を引いた。

しまったと思ったものの、遅かった。こちらからも身を乗り出せば、唇が触れたのである。

兎を虎の檻に招じたというのに、自ら堅物を演じてしまうところが、三十郎の心と体が一致しない欠点であり、生来の間抜けぶりだった。

「紅さま。なにか、よろしくないことでもございましょうか」

苦虫を噛みつぶしたほどの顔をした三十郎を、〆香は気にしたのだ。

「そうではない。ちと、脇腹に痛みが走ったゆえ」

話に聞く、女の得意とする芝居を思い出した。疝気の虫がとか言って、男に身を預ける嘘である。

「大丈夫でございますか」

「ここが少々。押えてくれぬか」

「はい。このあたり、それともこちら」

「もそっと下のほうを」

言いながら女の手をつかみ、下帯のほうへ引っぱる――

などという器用な真似ができる男なら裏長屋に放り出されず、江戸の役人として立派に務めを果たしていたろう。

三十郎の手は行きどころなく彷徨い、照れ隠しとなって頭の後ろに置いた。

「お母さん、この小父さん焦ってる」

小娘に図星をさされ、いたたまれなくなったのがまたまた顔に出てしまった。

「呑んでもいないのに、顔が赤くなってる」

「これっ、お侍さまを揶揄うものじゃありません」

「お湯屋に奉公している人がお侍って、おかしい気がする」

「娘御。これには、深いわけがあってな。お奉行の密命により、市中探索を――」

「たんさくって、人の名?」

与作や清作などの一つだと考えたところは、子どもらしかった。

ようやく小娘の上に立てた気がして、あごを上げた三十郎である。

〆香はしきりに申しわけないと、平身低頭をつづけていた。

「その浅からぬわけとやらを、聞かせていただこう」

「この子の親は、浦賀奉行所同心でございました」

「浦賀とは相州の、江戸の入口にある海の関所のことか」

「ご承知とは存じますが、昨今の黒船騒ぎで幕府が最も力を入れているお役所。ところが去年、この子の父親は御役ご免となったのです……」

同心だった侍の名を野村泉八郎、代々仕える浦賀の役人ではなく、江戸から送り込まれた精鋭だったという。

が、その俊秀ぶりが災いした。

下級の新参同心にもかかわらず、朗々とおのれの意見を開陳しつづけたのだった。

「この国を長らえさせるには、広く異国に港を開き交易を進めるしかないと、上役の与力さまやお奉行、果ては近在の大きな商家にまで説いてまわったのだそうです」

幕府の祖法は、いまだ鎖国とされている。しかし、それは長崎を通してなら許されたし、今や伊豆下田や蝦夷箱館では少なからぬ交易が半ば公然とおこなわれているのも、周知のこととなっていた。

「だからといって、祖法に反して声高に言い募ったのは行きすぎだったか」

「でも、泉八郎さまは、今もご自身の説を曲げておられないのです」

「野村とやらは、お尋ね者となったか」

「いいえ。浦賀奉行所にも同じ考えのお役人がおられ、罪は問われていません。代わりに――」

〆香が声をひそめ、ひと呼吸おいた。

「攘夷とかを標榜する国士だか浪士が、泉八郎さまを狙いはじめたのです」

「この娘御にまで、刺客の手が及んでは、切っ先が鈍ると……」

「はい。人質にでもなれば、身動きも取れません」

「妻女というか、この子の母は」

「産んですぐ亡くなり、父子ふたりで暮らしておりましたそうです」

どうした加減で芸者の娘分にして江戸に舞い戻ったのかを、〆香は武家に縁遠い芸者なら安全と考えたようですとことばにした。

「さらに拙者に預けるのは、攘夷の連中が娘の居どころを嗅ぎつけたゆえか」

「ええ……」

江戸の色街で知らぬ者なしの名妓となれば、いやが上でも人目を惹く。どこから来た子どもか、男親は誰かなど、直に知れるものなのだろう。

思い余って三十郎のところへとなった理由というか、切っ掛けを訊いたところ、案の定と思える名が出てきた。

「南町の高村さまが、こちらさまなればと」

「あっ」

余計なことをしてくれたものだと嘆こうとした三十郎だが、天下の美人と親しくなることができたのである。

――たまには、高村どのも嬉しがらせてくれるものだ……。

三十郎がニンマリすると、子どもが眉間に皺を寄せた。

「あたし、ここにいたくない」

「なにを言うのです。おちょう、あなたの命がかかっているんですよ」

「侍の娘なら、死ぬのは本望でしょ」

「そうではありません。あなたが死んでは、お父さまが御国のために働けなくなるんですよ」

「はい。お父上のために、がまんします……」

女、ましてや子どもの心など読めない三十郎でも、自分が好かれていないのが分かった。

「ところで、そなたもここで一緒に暮らすことに――」

「なりません。おちょうだけを、匿っていただきたいのです」

「たまに、顔を見せてはくれますな」

「それでは隠すことになりません。しばらくは父子になっていただき、どこへ行くのもご一緒にねがいます」

武士に二言はないと口走ったかと、三十郎は肩を落とした。

お座敷の約束がありますのでと言って、〆香はそそくさと出て行ってしまった。

「…………」

華やぎをもった香りが、長屋から失せた。代わりに小便くさいとは言わないものの、乳臭さの残る小娘の匂いが、子どものいない紅梅長屋に立ってきた。

「どうぞよろしくおねがい致します」

それでも三ツ指をついて頭を下げたおちょうの様子は、大人のようだった。

この先しばらく子供つきで過ごすことに一抹の不安を感じ、三十郎は頭を左右にふった。

三

嫌っているであろうに、おちょうは愛嬌よく部屋の隅にあった夜具を敷き、持参したらしい小さな箱枕を置いた。

三十郎は蚊帳を吊ってやり、自分も中に入った。

一組しかない夜具だが、仕方ないかと端に寄って横になろうとした。

「お父上と、本日より呼ぶことになります。野村ちょう、しばらくは紅ちょうとさせていただきます」

〆香に言い含められたのだろうが、一字一句まちがえることなく、正座したましっかりと目を向けての挨拶となった。

「さ、左様か。では父としておちょうと、呼ぶことにいたそう」

「正しくは、本字で蝶々の蝶と書きます。戊申生まれの六歳。母は〆香、としましょう」

「嘘を申すと、地獄の閻魔に舌を抜かれるぞ」

「でも、こうした嘘なら嬉しいでしょ?」

「大人を揶揄うでない」

「南町の与力で、紅梅長屋の侍大家は、煽てるとなんでも言うことをきくって」

「――――」

にせ父子だが、上下関係が入れ替っていた。

賢い以上に、悪知恵の働く女狐を思わせる小娘なのだ。にもかかわらず、憎めない甘ったるさがあった。

第一に、愛くるしい小ぶりな口と、尖った鼻をもつ顔だち。次に、気をそらせない口立てと声柄。三つ目に、下品にならない長所が上げられた。

こまっしゃくれた餓鬼は、どこにでもいる。思わず抱きしめたくなる娘も、たまに見る。しかし、大人にしかないものと思っていた品格をもつ子どもは、初めてだった。

代々を誇る公家の子弟だからといって、上品とは限らない。というより、たいがい品格に欠けるとは、遠山さまに聞かされた。

公卿など見たこともないが、秩父の豪商も上品ではなかったとの記憶が三十郎にあった。

目の前に鎮座する小娘は、見紛うことなく品格を持っていた。

「公方様の隠し子だ」

そう囁かれたら、三十郎はこの場に平伏したろう。それほど無垢に見えた。

「お母さん〆香と父上が夫婦だとするのは、いけないのかしら？」

いけないどころか、有難すぎる嘘にうなずきそうになった。

武家では見られないが、町人は子を中に置いて川の字に寝るという。ひと晩でいい。手を出さないから、〆香と枕を並べてみたいものだ。

「子守唄を、歌いましょうか」

「んっ」

「〆香お母さんは、眠れない晩に決まって歌ってくれます」

「お母さんと、呼んでいたのか」

「芸者屋はどこでも、女主をお母さんと言います」

〽ねんねんころりよ、おころりよ〜

歌い出したお蝶の口を、三十郎は壊れ物を扱うように押えた。

そっと首を横にふり、小娘を寝かせた。

——明朝から、長屋でちょっとした騒ぎとなるな。さて、どのように言い繕うか……。

なるようになると、諦念を考えられるまでになった三十郎である。

子どもの横に寝そべった。初めてのことだった。行灯の薄あかりの中で、三十郎は夢心地になっていることに気づいた。

それにしてもと、堅物を演じてしまった自分を悔んだ。

小娘のことではなく、もっと〆香のことを知りたかったのである。住まい居がどこかさえ、聞き出すのを躊躇していた自分を情けなく思った。

おのれが世馴れた策士であれば、せめて最初のひと晩くらい娘御が寝入るまで蚊帳の中にいてほしいと言えたのだ。

川の字に横たわり、年増美人の顔を間近に見つつ、息づかいを感じられ、薄灯りの中で白く透ける肌が浮かんできたであろう。

うなじには和毛が光り、子どもに掛ける夏夜着を直す白い腕の奥にチラリと腋がうかがえでもしたら、手が伸びたのではないか。

〆香もまた、それを期待していたとしたらとまで考えた。

あいだにいる子どもが、邪魔だった。

脚を伸ばせばいい。〆香の裾が割れて、無骨な男の足が暗い茂みに到達する。

「くうっ」

小さく呻(うめ)いて、唇をかんだ。

悶々(もんもん)としていた三十郎であれば、ちゃんと眠れるわけもなく朝を迎えることになった。

武家の娘だからか、芸者屋の躾(しつけ)ゆえか、お蝶は明六ツ(あけむつ)の鐘で起きると、蚊帳を出て持参した着物に袖(そで)を通していた。

襷(たすき)を掛けると盥(たらい)を見つけ、外に出ようとしたが、戸障子は開かない。

「引いても、無理だぜ。心張棒(しんばりぼう)があるからでもない。左の下隅を、蹴ってごらん」

コン。

お蝶の木履(ぽっくり)が、可愛い音を立てた。が、そのくらいでは開かなかった。

「もっと強く、親の敵だと思って——」

バコン。

長屋じゅうを揺する音がして戸が開くと、お蝶はカラカラと笑った。

独り身ですごした一年余の住ま居に、花が咲いた。

カタカタと戸が音を上げながら、夏の朝日をもたらせる。今までになかった感動と言えば大袈裟だが、生きている快感をおぼえた。

「あらやだ。子ども――」

声を上げたのは、大工手伝い弥吉の女房おまちだった。

そうだった。長屋の連中に、言い繕わねばならなかったことを思い出し、三十郎は蚊帳を出た。が、こうしたときに限って吊り輪が外れ、捕り物に使う投げ網のように蚊帳が上から被さってきた。

「おまえさん、大家さんの娘？」

「はい、お蝶と申します。不束な父が、お世話を掛けておりませんか」

「ま、まぁ、ときどき……」

余計なことをと、三十郎は蚊帳から這い出て外に立った。

「お早うございます。大家さん……」

長屋女房おまちは三十郎とお蝶を交互に見ながら、なんとも言い難い顔をした。似てないというのだ。

「昨晩やって参ったゆえ、長屋一同への挨拶はこれから致す」

「家主さんは、ご存じかしら――」

「い、家主」

口さがない長屋連中以上に厄介な家主夫婦を、三十郎は忘れていた。侍大家だからといって、勝手に住まわせるわけには行かないのではないか。

お蝶が八丁堀の屋敷にいる三十郎の娘ではないとなれば、どう言い繕えばよいのだ。

「あのぉ、娘さんは八丁堀の？」

役人の子どもが身につけるとは思えない派手な着物に加え、お蝶の仕種（しぐさ）はどう見ても色街（いろまち）育ちである。

「これには色々と、わけがあって――」

頭の後ろに手をやって言い淀むと、おまちは家の中へ入ってしまった。

お蝶はわれ関せずと、井戸端で水を汲みはじめた。

板壁ごしに聞かされたか、おまちの隣家女房おくみが顔を出した。

「ちょいと。お蝶さんとやら、おっ母（か）さんは？」

「はい。浅草の芸者で、〆香と申します」

「げ、芸者さん――」

おくみは聞いたとたん、顔を引っ込めた。ひと騒動起きるのはまちがいないが、どこへどう飛び火するか三十郎は怖くなった。

とは言うものの、〆香と三十郎のあいだにできた娘となったのなら、ちょっとした誉れに思えた。いや、相当な声望いうところの色徳となろう。

——もう、野暮な浅葱裏ではない。

「あの侍大家が、江戸の名妓の旦那だとさ」

「不粋な役人を装っているだけで、実はいなせな江戸侍だった」

「てぇことは、脇に妾を作ったから八丁堀に居づらくなったってわけか。今どきの遠山金四郎は、昼行灯を演じるらしいや」

噂が広まることで〆香との仲が公然の秘密となり、三十郎の元へ通って来ざるを得なくなる……。

昨夜描いていた妄想が、実の話となってくるにちがいない。

八丁堀の役人が芸者と懇ろとなり子をなしたとて、嫉妬されても罷免とまではならなかろう。

「さあ一人歩きせよ、噂」

声を限りに叫びたかった。

紅梅長屋に放逐されて一年余、女っ気なしでいた三十郎である。まだ三十一、男盛りなのだ。

胸を張った脇を、水を張った盥を抱えながらわが娘が家に入っていった。

湯屋へ出向く仕度をして、父子は外に出た。

珍しいことに、長屋の男たちは三十郎を見てやろうと、仕事に出ず破れ障子から目を離さなかった。

くすぐったいような視線を感じながら、あえて父子は手をつないだ。お蝶も、離そうとはしなかった。

長屋口にくると、家主の金右衛門おたね夫婦が向かって来た。

「紅さん。その子ですか、脇に作ったというのは」

「もう聞き及んでか、家主どの」

家主の女房おたねはしゃがんで、お蝶の顔をしげしげと眺めると口を開いた。

「似てないわ、少しも」

「はははっ。女親似でな」

三十郎は莞爾と笑えたのだから、面白い。以前であれば、顔が強張ったところである。

「大家として知っておられるでしょうが、紅梅長屋は子ども無用となっています」

「そうであったが、大家は雇われであっても住人の数には入れられまい。かように大人しい娘なれば、迷惑は掛けぬ」

言い捨てて通りに出ると、背ごしにおたね婆(ばば)ぁのつぶやきが聞こえた。

「あんな田舎侍に芸者が入れ込むなんて、世の中もおかしくなったものだわよ」

ふり返って、声を上げた。

「婆ぁ、てめえに見る目がねえだけだ。家主の金右衛門が、おまえの好みか」

「お生憎(あいにく)さま。仲に立つ人があっての夫婦だわさ。好んで一緒になったんじゃありません」

「これ婆さんや。聞き捨てなりませんよ、今のことば」

夫婦喧嘩がはじまりそうで、おかしくなった。が、手をつなぐ娘は真っ直ぐ前を向き、黙々と歩いた。

ほんの一丁も歩くと、亀の湯である。その前に、人だかりといえそうなほど奉公人たちがあつまっていた。

「あ、来た」

「いよっ、色男。どうするどうする」

照れくさいと言いたいところだが、三十郎はあごを上げた。どんなもんだ、と。

それにしても噂とは速いもの、明六ツからわずか半刻(はんとき)のあいだに、町内を走り抜けたことになる。

亀の湯の女中たちは娘を穴のあくほど見つめ、しっかりしている上に美形だと言いあった。

褒められるのに馴れているのか、お蝶は澄まし顔になることもなく、一人ひとりに会釈を返していた。

こうなると、下にも置かない扱いとなる。南町奉行所の与力格である自分以上の、町の姫君となった。

最近になって知らされたのだが、紅三十郎は与力見習から与力格になった。理由は不明ながら、口外無用のことと釘を刺されてはいる。

色男と囃された三十郎だが、湯屋の主人吉兵衛をはじめ全員が、お蝶を構いはじめた。

「おっ母さんは、浅草の〆香姐さんなんだってね」

「はい。吉原芸者に負けないよう、浅草芸者の名を上げるため精進しています」

「しょうじん。難しいことばを知っているんだねぇ。あたしらも地元浅草の芸者衆を贔屓にせねばな」

江戸では、廓のある吉原で芸を売る芸者が一番とされている。身を売る花魁の邪魔をすることなく客を楽しませるからだった。

おっつけ他所土地の芸者は、吉原に追いつこうと精を出した。そうした中で、吉原に近い浅草の芸者は格下となってしまう。

〆香がせめて芸だけでもと精進を重ねていたのは、そうした理由がある。生半可にできることではなかった。

女中の一人が、お蝶の手を見て声を上げた。

「撥だこじゃないの」

小さな手に、太鼓の稽古で生じた胼胝を見つけたようだ。

「いいえ。これは持ち方がわるいので拵えた肉刺です」

お蝶は手を引っ込めた。その物言いと仕種が、みなを喜ばせた。

「親が親なら子も子どもだ。色っぽいや」

そこはかとなく滲み出る色香が、三十郎にも分かった。

上等な胡麻を絞りに絞って生まれる一滴の油が、あたりを香りに包むほどもたらす香りは、生まれながらの素地だと信じられている。

「番頭さん。この子を居間に連れてってもいいかね」

「いけません。理由あって父子が離れることを禁じられております」

断わったのは、攘夷を名乗る連中に拐かされてはならないからである。

番台に上げ、三十郎の胡坐のあいだにすわらせた。

評判となれば、怪しい攘夷の浪士は嗅ぎつけるにちがいない。竹光でない脇差くらいはと、手にする得物を考えた。

吉兵衛の従兄、市村座の床山で三十郎の髷をととのえる伊八が、番台の下から笑い顔を向けてきた。

「聞きました三十郎さん、脇に妾がいるそうで」

小指を立てれば、その意味するところは朴念仁でも分かる。羨ましいであり、憎いね色男だった。

が、三十郎は〆香の指さえ触れていない。これは嬉しくなかった。一度でも肌を合わせた上でなら人でなしと蔑まれてもよいのだが、話は逆である。

思いを至らせたところで、眉間に皺を寄せて言い放った。

「今日は月代を剃らず、素浪人の態で参る」

「よろしいんですか、可愛いお嬢さまの前で」

「構わぬ。忠臣蔵の斧定九郎で、ねがおう」

歌舞伎の人気演目『仮名手本忠臣蔵』五段目に登場する強盗で、二枚目の早野勘平（かんぺい）に撃たれて死んでしまう役だったが、中村仲蔵（なかぞう）という名優が勘平以上の色男に仕立てたことで儲け役となっていた。

「五段目の定九郎を、三十郎さんが」

「なんだ、その目つきは。鼬（いたち）、おれでは役不足と申すか」

「鼬じゃなくていはち。娘さんが笑ってるじゃありませんか」

「お蝶。この男は、困ったときに一発くさいのを放って逃げるのだ」

小娘はカラカラと笑うと、足をバタバタさせて喜んだ。こまっしゃくれていても、六歳なのだと三十郎も嬉しくなった。

「合点承知で。どうでしょうね、父子揃って仕立てるってぇのは」

三十郎は伊八の提案を良しとした。昨日までのお蝶でなくなるのは、敵の目を欺（あざむ）けるかもしれない。

「芸者の娘らしくないので、参りたいな」

「お稚児（ちご）髷というのがありまして、頭のてっぺんに大きめな輪をつくり、男児でもすることが多いものです」

寺の僧侶が弄（もてあそ）ぶのが稚児だが、正しくはかなり昔からあった髷だと付け加えた。

ふたつ返事で頼むと、お蝶も変身を喜んだ。

四

お蝶にとって居候をしていた芸者屋での暮らしは、物珍しいだけでなく太鼓や踊りを習わせてくれたことから、別天地だと思えたのは理由がある。

相州浦賀の湊まちでは、江戸娘と言われて苛められていた。漁師の子や海藻問屋の小僧たちは、きれいなものに反撥したかったのだ。

父ひとり娘ひとりの暮らしには、通いの女中が来てなにくれとなく世話をしてくれた。

この正月まで江戸で小普請組の御家人だった頃に比べると、少しだけ良くなった気もしたが、今年になって家に投石をされたり、怪しい浪人者が周囲をうろつく姿が目に入ってきた。

子ども心にも、気味がわるいものだった。ある日、父の泉八郎が肩に髪を下ろした尼のような町人女を連れてきた。

元尼で、江戸で口入屋をしているお福という女だという。

売られてしまう。父が仕事をするにあたり、娘は邪魔なのにちがいない。貧しい御家人の娘が廓へ身売りされる話は、聞いていた。悲しくはなかった。むしろ、役に立てるならと気丈でいられた。

が、身売りされた娘は、お蝶が知る限りみな十五より年上ではないか。

「父はな、お蝶。浦賀を出ることとなった。しかし、そなたを連れては行けぬのだ。お福どのが世話をしてくれるゆえ、随いて行きなさい」

無表情の父に比べ、口入屋の女は目に涙をためていた。

愁嘆場で泣くのは町人で、侍は泣かないものである。

連れて行かれた先は、浅草の芸者屋だった。身を売らず、芸を売るところと教えられた。

子どもと呼ばれるのは自分だけで、十二、三のお酌という芸者見習の娘が二人いた。

お酌の二人は、躾が厳しいとよく泣いていたが、武家で育ったお蝶にはどうってことのない叱られ方だと思った。

女主人の〆香が、男ほど立派に見えた。毅然として客に伍し、フラフラと芸者屋まで従いて来た酔客を張ったのも見た。

いつか自分もと、芸者になるつもりだったとき、〆香が青い顔をして危ないかもと言ってきた。

「刺客の手が、ここに」

「しかく。丸くないの？」

分からなかったが、父と娘は狙われていると教えられた。

お福がまたあらわれて、〆香に耳打ちをした。お蝶は南町奉行所へ連れられ、羽織袴の侍に面通しさせられた。

その晩、〆香と一緒に阿部川町の裏長屋へ向かったのである。

大人の世界は、よく分からない。取るに足らない自分のような小娘を守ろうとしているのはもっと分からなかった。

長屋では踊りや太鼓の稽古がなくなってつまらないが、湯屋の番台は面白いと思えた。それればかりか、芝居の役者のように別人になれたのだ。

頭の上に輪が乗って、濃いめの眉を細くととのえてもらい、ちょこんと紅を唇に這わせてくれた。

笑った。すると周りにいた男も女も、笑ってくれた。

片時も三十郎から離れられないのは嫌だけど、奇天烈きわまりない炭団そっくりの大きな髷を結ったニセの父親は、滑稽だった。

「似合わぬのなら、明日は別のにしよう」

言ってることが馬鹿ばかしくて、人の好さそうなことだけは分かってきた。

お手水と言って、なんども湯屋の鏡の前に立っておのれの姿を見つめた。唐紙も箪笥や鏡台まで笑っていた。

番台に戻ると、〆香が客としてやって来た。笑い掛けて見たが、お蝶であることに気づいていないようだ。

「お母さん」

呼んではじめて分かったのか、目を丸くした。三十郎もまた別人のようだったので、開いた口が塞がらないらしかった。

異変をもよおしたのは三十郎で、抱えられていたお蝶の尻に固いものが当たってきた。

なんだか分からないが、三十男は興奮している。呑んでもいないのに、トロンとした目を見せていた。

〆香お母さんに随いてくる酔客と同じく、岡惚れをしているにちがいない。

一発張ってしまえばいいのにと見ていたが、お母さんは愛想よく笑った。

「大人って、分からない」

つぶやいた。

三十郎が抱きしめてきた。感じわるい、なにか隠しているようだ。

お蝶は三十郎の腿を、つねった。

「痛いっ」

武士、それも幕臣であれば、父上と同じではないか。なのに、恥ずかしいほどの声を上げた。情けない男にちがいない。

呆っと〆香の婀娜な姿に見惚れていた三十郎は、激痛が脚に走り声を上げた。

あられもない声で、湯屋の脱衣場にいた者たちがふり返ってきた。

なにが起きたのか、さっぱり分からないまま痛みをおぼえたところを押えた。

番台にすわりすぎて、筋でも痛めたのか。嬉しいときには、決まって辛いことが伴なうのは仕方ないのだろうか。

それにしても痛かった。

顔をしかめようとしたが、〆香が見ているからと唇をかんで耐えた。

「お侍は、それでなくちゃいけないの」

小娘が澄まし顔で、三十郎を見上げていた。その手が、痛みをおぼえたところにあった。

「そなたが、おれの脚を――」

「〆香お母さんに、頬を張られるよりいいでしょ」

「なにゆえに、張られなくてはならぬのだ」

「美人へいやらしい目つきをすると、芸者屋では叩かれるのです」

「いやらしい目つきはしておらぬ……」

言ったものの、三十郎はいかがわしい想いに耽っていたと、口を閉じた。

お蝶と三十郎が別人を見せていたことで、預けた〆香は嬉しそうだった。

「ひと安心でございます。では」

名妓に踵を返されては詮ないことと、三十郎は番台を降りた。

「そなたの娘御、いや拙者の――」

ドン。

突き飛ばされた。顔を張られたのではないが、酷いことをとふり返ると、長屋のおくみである。

「いるじゃないのよ、侍大家が番台に」

「なんだっ、いきなり」

「変装なんかしちゃって、分からなかったわ。どこの馬鹿かと」

「馬鹿？　おれが愚か者に見えると」

三十郎は〆香の前で恥をかきたくないと、精いっぱい顔をキリリと締めて言い返した。

「あたしも愚かだと思う」

声の主がお蝶だったので、〆香があわてて首をふった。

「ご自身のお子さんに言われちゃ、立つ瀬なしね。そんなことより、遊びに行くわよ。長屋揃って、物見遊山となりそうだわ」

「物見遊山を、今ごろするとなると潮干狩とか」

「ちがうんだわ、これが。聞いてビックリ、玉手箱。同じ海でも、黒船見物ってご嗜好よ」

「黒船がとうとう、あらわれたのか」

「えへへ。駕籠舁の亭主は仕事柄、早耳でね。伊豆の下田に、おっきな黒船が四杯江戸へ向かったって聞いてきたのよ」

「いつの話だ」

「分からないけどさ、おっそろしく速いそうだから、もう品川宿辺から見えるかったの」

も。ねっ、面白そうじゃない。みんなでお弁当持って、見物に行こうって話にな

「能天気すぎる。こうしてはおられぬ、奉行所へ参らねば――」

「紅さま、この子を一緒に」

〆香に言われて、用心棒だったことを思い出した。黒船が来るとなれば、攘夷の連中は黙っていないだろう。

美人を間近に見ていたいのはやまやまなれど、天下の大事を放っておくわけには行かない。

お蝶の手を取り、南町奉行所へ向かった。

いつになく門番の数が増え、黒船到来で容易ならざる事態を迎えているらしいのは明らかだった。

「これ、子連れの浪人。町奉行所なるぞ、罪の白状なれば後日改めて参れ」

誰何どころか、追い払われそうになった。言い返そうと肩肘を張ると、お蝶に袖を引かれた。

みっともないとの目をされ、頭に手をあてろと言う。

触ると忠臣蔵の斧定九郎どころか、大盗賊の石川五右衛門となっていた。

「門番の治平を呼べ。与力格の、紅である」

「――――」

治平の名ばかりか紅の名を知っていた門番たちは、顔を見合わせると、一人を走らせた。

出てきた治平が、笑い転げた。

「子供つきの五右衛門とは、お釈迦さまでも気づけまいですぜ。紅の旦那」

すぐに内与力の高村喜七郎の部屋に通され、駕籠舁の聞いてきた話をした。

「左様か。もう江戸市中にまで、黒船到来が知れわたったとは……」

下田沖を進む巨大な黒船が江戸に向かっているとの報は、早船と早馬により江戸城へもたらされていた。しかし、その重大事は幕府のみが知る話とは、世間知らずの役人の愚かさでしかなかったかと唇をかんだ。

「黒船は江戸に、入って参るのでしょうか」

「ご老中方はなんとしても阻止し、まずは長崎出島へと命じるつもりらしい」

「となると、弁当持参の見物はできませんね」

「け、見物?」

「はい。うちの長屋では大変なはしゃぎようで、例年の両国花火と同じ雰囲気となっております」

「馬鹿を申すでない。同じドカンでも、黒船から撃たれる火の玉は人死を見、市中に大火事をもたらせるのだぞ」

「すると、五尺玉ほどのものが、空に上がらず、町なかへ」

「花火ではなく、大砲だ。この奉行所なんぞ、一発で木っ端微塵となる」

「長屋の連中がそれを、見たいとは。けしからんですね」

「おまえね、寝呆けておるのか」

「はぁ。昨夜はあまり眠れず――」

「馬鹿野郎っ。見物をすることとすなわち、死地へ赴くことだ」

腹を立てた喜七郎は立ち上がると、お奉行に伝えて参ると出て行った。

「危ないことになるのであるわけか、黒船見物は……」

つぶやいた三十郎は、大砲を見たことはあるものの、撃ったのを見たことはない。大砲の威力を知らないのだ。

弾丸一発が十両以上するとかで、大砲を扱える者も一度しかやらせてもらえなかったと聞いている。

今ようやく知ったのは、一発で奉行所そのものが跡かたもなくなるくらい凄いものらしいことだった。

「あたし聞きました。父上より」

大人しく黙ったままでいたお蝶が口を開いたことばが、聞きましたである。

なにをと目で問いかけると、浦賀近在の漁師たちが黒船と始終付き合っていたとの話をと答えた。

「漁師が黒船と、交わっておるのか」

「はい。遠い沖まで漁をする人たちは、御酒を交換しあったり、ときに薪が欲しいと言われて持っていってあげたりしていたと……」

「ことばが、通じるとは思えぬ」

「身ぶり手ぶりと、笑顔で分かるって聞いてます。だから、異人さんは好い人だって」

「今の話、先刻の高村さまへ伝えぬか」

三十郎のひと言に、お蝶は首を縦にした。

御役ご免となった野村泉八郎の娘が、南町の与力も知らないことを知っているらしいと分かり、お蝶は三十郎ともども南町奉行池田播磨守(はりまのかみ)の部屋に通された。

　五十がらみの播磨守は小柄ながら、目つき口元に鋭利さが宿っていた。前任の遠山左衛門尉が信頼を寄せただけあって、瑣末(さまつ)なことをも聞き逃さない耳にはおどろかされた。

「お蝶とやら、そなたの父が聞いたという漁師の話を法螺(ほら)とは思わなかったか」

「父は、一途(いちず)です。浦賀では奉行所の方々に笑われても、漁師さんとお酒を酌み交して仲良くなりました」

「この奉行が聞きたいのは、異人を怖がることはないとの一点である。異人らが取り繕(つくろ)い、好人物を装ったのではとの疑いを抱くのだが……」

「人を信じることは、いけませんか」

「――――」

　播磨守が、天井を見上げてしまった。

「異人さんと仲良くしたいのです」

　三十郎は横にいて、ハラハラしていた。物怖(ものお)じしないのはまだしも、三千石取りの町奉行へ、あまりに素直な問い掛けをした小娘が踏みつぶされたらとの思いからだった。

が、三十郎は播磨守より、〆香を取ることにした。

――おれも漢だ。奉行と刺し違えてやる。

目を上げた。

「その、五右衛門。なにを粋がっておるか」

「ご無礼ながら、定九郎でございます」

「はっ、はは。五段目の一幕で撃たれる者ではなかったか。五右衛門はわが子を高く抱え上げ、釜茹でとなったぞ。娘を守ってやれ」

町奉行は、なんでも知っていた。高村喜七郎からお蝶を預かっていることも含め、芝居にも精通していたのである。

南町奉行所を出ると、〆香が外に立っているのを見た。女親の顔をしているのが、なんとも微笑ましかった。

三十郎の顔に憂いがないと見て、〆香は安堵のため息をついた。その息を、吸いたい……。

「いかがですか、三人で昼めしなど」

駄目もとで、なにげなくことばにした三十郎である。

「はい。そこの角に、評判のお蕎麦屋がございます」

天にも昇る心地とは、これだ。

お蝶をあいだに、川の字となって歩いた。

二　長屋の船見

一

これほど旨い昼めしを食べた憶えはないと、三十郎は夢心地で蕎麦屋を出た。〆香を前にして、蕎麦が喉を通るだろうかと危ぶんでいたが、スルスルと止めどなく笊が三枚も重なっていた。

芸者は夕方前に座敷の仕度をしなくてはと、父子を残して先に出てしまった。ひたすら箸を動かしていたので、しゃべったのは挨拶もそこそこ、お蝶と〆香の話に耳を傾けていたのである。

「異人さんだからって鬼じゃないの、お母さん」

「そうね。どこの漁師さんだって、喧嘩しても仲直りするものねぇ」

お蝶が父の泉八郎から聞いた異人は、鯨を獲る漁師らしかった。

蕎麦屋に客が立て込んでくると、異人話はいずれと〆香が子どもを制した。

「うむ。近い内に、この三人でじっくりと話を聞こう」

三十郎が〆香の顔を見ながら念を押すと、

「今夜の仕度がありますので、また」

立ち上がられてしまったわけである。

混みはじめたので、お蝶が食べ終えるのを待って、立ち上がろうとした。

「さて参るか」

「蕎麦湯を、いただいてません」

大人びた真似をするのも芸者屋にいた所為かと、秩父の田舎に暮らした三十郎は、まだ浅葱裏侍が抜けきれない自分を思った。

田舎育ちだから悪いわけでない。洗練されていないのは、周りにいる人に角が立つゆえなのだ。

これも阿部川町の裏長屋に来てから、なんとなく気づいた作法のようなものである。

考えてみるなら、目の前にいる小娘は〆香と過ごしたことで、知らずそれを身につけたといえよう。

「武家の娘が、粋な女になるか……」

つぶやいたつもりだったが、聞き咎められてしまった。

「侍の娘であれと、父上には言われてます。主君に仕える奉公の、末席にあれと」

「おまえさんの主君とは、公方さまとなるが」

「父は、申しました。奉公とは、目の前にいる主に仕えることだって。今のあたしにとっては、〆香お母さんになります」

「――――」

難しい御恩奉公という武家の本来を、いとも簡単にことばにしたことに舌を巻いた。

「お父さまの主君は、先ほどのお奉行さまですね」

「そ、そうなる」

今の今まで、幕臣の端くれとして将軍家慶公に仕える身とばかり思い込んでいた。

よくよく考えてみれば公方さまとて、かたちの上では京都の帝より征夷大将軍の位を賜っている侍なのである。ものごとは、順だ。

――負うた子に教えられるとは、これか……。

三十郎は舞い降りた人生の師に、頭を下げそうになった。

「出ましょう」

お蝶に促されて立ち上がったものの、持ちあわせのないことに気づいた。長屋と湯屋を往復する毎日に、財布は無用となっていた。

「ここにおってくれ。奉行所に、忘れ物が――」

「お勘定でしたら、お母さんがしていました」

捨て目というそうだが、つねに目配りをしておくことはどこかで役に立つとの教えなのだ。

〆香は三十郎の懐がふくらんでいなかったことを、お蝶は出てゆく芸者の一挙手一投足をそれぞれ見ていたにちがいない。

――おれは蕎麦を旨い旨いと、口に運んでいた……。

自分が嫌になった。

「お湯屋さんへ、戻るのですね」

「止めた。このまま、長屋へ帰る」

「はい」

首を傾げることなく、娘は随いきた。

——この場では、おれが主だ……。

少し嬉しくなった。

「あっ、帰って来たわよ、大家さんが」

紅梅長屋の入口で見つけられ、てっきり亀の湯へ戻れとの使いがあったのかと眉を寄せたが、そうではなさそうな気がした。

「戻って来なかったら、置いてけぼりにしようかって話してたのよ」

「おくみ。その恰好は、伊勢参りか」

足元に草鞋が見え、笠を背なかに負っていた。

「もう忘れたの？　船見って言ったじゃない、紅梅長屋一同で」

「本気か」

「そりゃそうよ、一生に一度の見世物なんだもの。孫子の代までの、語り草になるわ」

「見世物？　天下の一大事であるぞ」

「だから見に行くんじゃないの。大家さん親子のお弁当も作ったわさ。もぬけの殻になった長屋にいても、しょうがないでしょ」

「亀の湯のほうは」

「断っておいたわよ、二、三日休みますって」

「――――」

「お湯屋の女中さんたちも、行きたがってたわ。旦那が承知したら、後から来るみたい」

三十郎は花火の六尺玉ではなく、火を吹く弾丸が飛んでくるのだと言えなかった。

言ったところで、信じそうにないのが見て取れた。

――陽気にすぎる……。

花見に行くとき以上のワクワクした様子は、まさに両国広小路の掛小屋に駱駝を見に行くときと同じだ。

「見たこともない珍しい獣がさ、なにか芸をするんだって」

遠い異国から番の駱駝が来たのは、三十年前のことだった。まだ生まれて間もなかったの三十郎は行けず、兄たちは見に行ったと言っていた。

「馬よりずっと大きく、顔はさほど長くないが、大人しくはなかったな」

後になり、駱駝之図という錦絵を見たが、唐人が手綱をもって、あるいは背に乗っている奇怪なものだったと憶えている。

見世物小屋の演し物は、大袈裟に言い立てるものとされていた。それでも物見高い江戸の町人たちは面白がり、その目で確かめないのは恥だと言い切った。が、今度やって来るのは珍獣ではなく、江戸を一瞬にして火の海にする大砲を備えた軍船なのだ。

頭を抱えた。どうやって止めさせるか。

お蝶が笑いながら、長屋の女房たちへ言い放った。

「鯨より大きい黒船は、煙を吐きます」

「えっ。鯨よりも、おっきいの？」

口を開け、喉仏が見えるほどに嬉しがったのは弥吉の女房おまちである。

浅草奥山の見世物小屋には、籠細工の鍾馗や関羽、涅槃像などが飾られていた。中でも鯨は十丈にも及び、さながら祭礼の山車と同じ大きさがあった。

六歳の小娘が、鯨と言って火を付けたのである。

「おぉい、行くぞ。遅くなると、見物席を取られちまうからな」

茣蓙を背に声を上げたのは大工手伝いの弥吉で、駕籠舁の助十や、魚河岸で働く幸次郎おやえ夫婦、左官見習の寅蔵、貸本屋の彦太まで、草鞋の旅姿で出てきた。

「おまえ方、どこへ行くつもりだ」

「とりあえず今日中に、品川宿へは着けますから。その先は、着いてから考えます」

巨大な黒船というなら、どこまで入ってこられるか分からない。品川沖まで来ないとなれば、神奈川宿あたりまで足を伸ばすつもりだという。

「泊まりとなるだろうが、旅籠か?」

「幸い夏ですからね、野宿もできるように蚊遣り持参です」

寅蔵が瀬戸物の蚊いぶしを掲げると、彦太は雨合羽を人数分背負っていると言って見せた。

「とりあえず人数分のお弁当は作りましたけど、傷みやすいのでお酢をきかせた稲荷鮨に梅干と昆布」

おやえたち女が、急いで作ったようだ。

「お蝶ちゃんの分も、ありますからね」

弁当だけではないと、小さな草鞋を置いた。

「わぁっ」

満面の笑みで、お蝶は草鞋に履き替える。

「行ってらっしゃいまし。あたしは花見ならできますが、遠いところにある船まではねぇ」

長屋の端に暮らす按摩（あんま）の粂市（くめのいち）が、無念な表情で見送りに出てきた。

「粂さん。戻ったら詳しく語りますから、楽しみにね」

彦太のことばを、三十郎は複雑な気持ちで聞いていた。

ドカンと一発が市中に撃ち込まれたなら、按摩の手を引いてくれる者がいるだろうか。また見物人たちに向かって鉄砲が放たれたら、生きて帰って来られるかどうか分からないのだ。

物見という遊びにはならぬ。これは幕府と異国が、威信をかけての攻防なのだと言いたかった。

が、江戸の、とりわけ長屋に暮らす町人に〝国〟という概念のあるはずはないと、三十郎は困った目をした。

「大家さん、急ぎましょう。じゃないと珍しいもの、見逃しちゃいますって」

女房たちに促され、草鞋を履いた。

通りに出ると、ここにもあそこにも似た恰好をした一団が見受けられた。

近在なり遠国から上府した旅人に思えないのは、ふだん着に草鞋だからである。そればかりかどの顔も、嬉しそうなのだ。

「やだっ、随分いるじゃないの。大丈夫なの、席取り」

「早ぇなぁ、もう知ってやがる。駕籠屋仲間だけの話ってことになってたんだがな」

助十が首をひねると、女房おくみは言い返した。

「人の口に戸は立てられないんだってば、急ぎましょう」

その傍らを、大八車に家財を載せて北を指す者たちとすれちがった。

「夜逃げって、昼間するの？」

なんとなく深刻そうに見えた連中は、草鞋ではない。どこぞの商家が、引越しをするかのようである。

三十郎は、聞いていた。このたびの難を逃がれるために、武州のどこか親戚のところへ行くのだ。

役人と密な関わりをもつ大店は、黒船の到来をいち早く入手した。異人が放つ大砲の威力を知っている。命には換えられないと。

これは臆病でなく、生き永らえるための知恵なのだ。言い方を変えるなら、幕府が無策であれば江戸は火の海となり、異国に占領されるとも。

更に踏み込んで言うなら、幕府そのものを信じていないことでもあった。

世の中に通じている商人は、国という器のあることが分かっていた。みずから手を染めないまでも、異国と交易をしている者がいると知っていたし、そこに損得が生じることにも気づいている。

商いとは、相手を怒らせては成り立たないとの考えだ。

すれちがって逆の方向に行った商家は、黒船が怒っていると判断したらしい。

「…………」

「お知りあいでしたか、大家さんの」

幸次郎に問い掛けられ、首を横にふった三十郎は問い返した。

「魚河岸の威勢がいい連中は、江戸の湊（みなと）に黒船が入ってくるのを、知っておるのか」

「たぶん。でもね、騒いだりしてませんや。なにがあっても、市中の腹を満たすのがお役目だと、いつも通りです」

「江戸っ子であるな」

「あはは。河岸に戻ったら、伝えておきましょう」

四十になる幸次郎は、かつて女郎だったおやえと所帯をもった強者（つわもの）である。強者である理由（わけ）は、年季の明けた女を引き取ったのではなく、遣手（やりて）となって働いていたのを連れ出したからだ。

年季が明けていれば、足抜けではない。しかし、遣手婆（ばば）ぁと嫌われる海千山千の元女郎と一緒になる男など、どこにもいなかった。

人が好（よ）いと言えばそれまでだが、幸次郎は人を信じたかったのだと言っていた。

女房おやえは、幸次郎が夫婦にと言ったとき、信じなかったという。品川宿の廓見世（くるわみせ）に出て七年余、数えたことはないが五千人くらいを相手にしてきた。

「狐（きつね）と狸（たぬき）の化かしあいで、すること言うこと嘘ばかり。信じられることなんか、一つもなくなるんです。神さま仏さままでもね」

おやえは品川宿に限らず、吉原や岡場所のどこでも、神棚はありませんよと教えてくれた。

女郎屋という地獄に、仏がいたらおかしいでしょと笑った。

三十郎があとで調べると、神棚とおぼしきところには、男根を型どった摩訶（まか）不思議な物が納められていた。

そんな知られざること以上に、この中年夫婦の言うこと為すことは、三十郎のそれまで常識と信じていたものが、思い込みにすぎなかったと気づかせてくれたのである。

今では幸次郎おやえ夫婦こそ、遠山左衛門尉(さえもんのじょう)に匹敵する師となっていた。

その師が船見をするのなら、一緒に行くのも悪くないと思うようになった。

粋(いき)でいなせでとは江戸っ子の謳(うた)い文句だが、市井(しせい)に埋もれた中年夫婦に本物を見る気がした。

大川沿いに南へ向かって行くと、大きな屋形舟が幾つか川を下っているのを見掛けた。

「やっぱり、船だわ。両国の花火と同じね」

おまちが羨(うらや)んだのは、金持ちは船を仕立てて黒船に近づけることにである。

「近づいては、危なかろう」

「父上。異人は、丸腰の人を怖がらせたりしません」

お蝶が確信をもって言うと、長屋の者たちはみなうなずいた。彦太が見つけた。

「あ。やっぱり芸者衆も幇間(たいこもち)も乗ってまさぁ、三味線(しゃみせん)や太鼓と」

花見とまったく同じだが、三味線や太鼓で唄うなると、異人はなにを思うだろう。

面白がってくれればよいものの、馬鹿にされたと感じたら怒りすのではないか。役人根性が抜けきれない三十郎は、不安をおぼえてしまった。

どうしても、心から楽しめないのだ。死ぬことに、さほどの怖れはない。ところが長屋の大家として、店子（たなこ）を危険にさらすのが憚（はばか）られたのである。

店子は楽しもうとしている。が、大家ひとり憂（うれ）いを抱いた。

三十郎は笑ってみた。無理を押して笑えば、いずれ面白くなるものと聞いていた。

「あはは、はっは」

馬鹿らしさが、大笑いとなった。

「笑っちゃいますよねぇ、大家さん。いくら大きくたって、屋形舟じゃ波に呑まれますでしょうに」

寅蔵の言うとおりだろう。鯨ほどの黒船に近づいただけで、煽（あお）られたら転覆するにちがいない。心配すべきなのは、屋形舟のほうだった。

「銭（かね）のある奴なんぞ、酷（ひど）い目を見るがいい。とは申しても、芸者たちが巻き添えを食ってはなぁ……」

思ったところに、お蝶がいた。〆香も舟に招かれたのではないかと、心配をしはじめた。

両国橋で大川を離れ、日本橋へ向かう。江戸一の商いの町は、右も左も店ばかり。いつもと変わりがないのは、魚河岸の連中の心意気と同じようだ。

ところどころ戸を閉めきっている店は、役人と懇意な御用商か。石礫(いしつぶて)でも投げてやろうかと思った。

「卑怯者め。自分だけ助かろうとの根性が、さもしい」

つぶやいた。

ポツリ。

空を見ていなかった。夏の夕立である。

通りの両側で、小僧たちが飛び出し暖簾(のれん)をしまっている。

チリリン。

鳴ったのは店先に吊ってあった風鈴で、わずかに鈍い音を立てた。短冊が雨に踊っている。

雨合羽が配られ、笠を被った。

早くも雨足は強まり、足元が濡れた。泥が跳ね、草鞋の素足が斑(まだら)になった。

どうということもないのだが、三十郎はおどけたくなってきた。こんな気分は、はじめてだった。

自棄（やけ）になったのではなく、役にも立たない物見遊山が、自分にとって心の滋養になりそうな気がしたからである。

滋養。まるで鶏卵を食べるような、いずれ身につくとの確信が芽生えてきた。大砲一発で火の海とか、黒船に煽られて屋形舟が引っくり返ることではなく、煙を吐いて進む黒船や、見たこともない異人の姿かたちをこの目に止めておきたくなったのだ。

年に一度、華麗な花を咲き誇る桜はまた見られる。しかし、鯨より大きな船も、獣に似たと称される異人は二度と見られないのではないか。

降りしきってくる雨。ときおり稲妻が光り、雷鳴が轟（とどろ）く中で、三十郎は手足を勝手気ままに動かした。

店の軒先（のきさき）で雨宿りをしている女が、華やかな顔で笑ってくれた。

踊りを習ったこともなければ、耳の中で三味線が鳴っていたわけでもない。激しい雨音が、つまらない事々を消し去ってくれたからである。

お蝶が真似て、踊りだした。こちらはそれなりに形を見せ、様（さま）になっている。

三十郎は合わせようとしたが、更に不恰好となったので、軒先の女は口を開けて大笑いとなった。

「狂うぞ。狂った」

声を大にして叫んだ。口の中に、雨粒。これが甘露で、酔ってしまいそうだ。

気づいたら、長屋一同も踊っていた。

総勢十人の雨中の踊り行列に、見物衆はヤンマと囃したてる。

笠があっても首すじから雨が入り、着物は濡れ、下帯まで湿ってきた。気持ちがわるいと、足を高く上げて動いた。

日本橋の袂に来たとき遠雷の音となり、夕立が納まった。涼しい風が通り抜けたが、あたりはまた明るい。

橋が、芝居の花道に思えた。

ここからが本舞台に掛かる千両役者と思ったとき、五右衛門のようだと笑われた髷に手をやった。グッショリと水を含んでいたのは、笠に穴が開いてたからで、三十郎は投げ捨てた。

橋の一枚目の板に足を掛け、髷の水を払うと役者のする見得を切ってみた。

「よっ、定九郎。日本一」

声を放ったのは、おまちである。

やっと五段目の斧定九郎になったかと笑えた。

――今より紅三十郎、幕府御家人ながら江戸っ子になるぞ。

胸の内で叫びながら足を踏み出し、日本橋を小走りに渡り切った。

見上げた西の空に、うっすらと虹の門を見た。雨止みを待っていた雲雀が、降りそそぐ光の中を飛んで行く。

心機一転どころか生まれ変わった三十郎の目に、深い光が宿っていた。

二

踊る足取りでは急ぎ旅にならず、似たような一団に追い抜かれてしまった。

弥吉が細い竿を組みはじめたのを、三十郎はなんだと訊ねた。

「品川の磯で、釣りか」

「ご冗談を。幟です」

言うと、弥吉は幅広の長い布を拡げ、竿に結びつけた。

墨痕鮮やかとは言いかねるが、浅草阿部川町紅梅長屋と読めておどろいた。

「左様な物を作って参った理由が、分かりかねる」

「ただ見物してるだけじゃ、面白くねえもの。そこに幟が翻りゃ、あぁ阿部川町の紅梅長屋というのが来ていたなと、後々まで憶えてくれます」

「自慢したいと」

「そんな吝な料簡でなく、五十年百年の後にどなたかが書き遺していたら、有難えじゃありませんか」

三十郎には今ひとつ分からなかったが、それも心意気なのかもしれないと、弥吉が肩に担ぐ姿を嬉しく見た。

「幟がありゃ、はぐれてもすぐ見つけられらぁね」

寅蔵がお蝶を見ながら、笑った。が、お蝶はあんたのほうが迷子になるだろうと上目づかいをした。

夕立のあとは道がすっかり泥濘んで、雨で足を洗ったつもりが泥足である。しかし、草鞋は滑らないものだった。

東海道を西に上る。三十郎はここより先に行ったことがない。先導は駕籠舁の助十で、勝手知ったるところのようである。

「このまま街道を行きますとね、ときに大名行列に出食わしちまいまさぁ。ご府内は土下座しなくてもいいけど、行列の横をすり抜けるわけにも行きません」

脇道は遠まわりになるが、このほうがいいと通りを変えた。

呉服屋が多いからか、呉服町というらしい。檜物(ひもの)町だ、桶(おけ)町だと教えながら、助十は三十郎たちをふり返りつつ前を行く。

やたらと稲荷社の赤鳥居が目につくものの、神信ごころというよりは江戸っ子なりの目印のようだ。

中ノ橋で堀を渡って、紺屋(こんや)町。藍染が通りいっぱいに干されるところだが、雨上がりでは少なかった。

大通りの左右とちがい、職人街なのだろう。

難波橋(なにわばし)と書かれた橋を渡ると、ここからは芝愛宕下(しばあたごした)の大名小路だから、ここも脇道を歩きますと言う。

たださえ幟は目立つので、大名家の番士に文句を言われたくないようだ。

細長くつづく町家の通りをずんずん進んで行く内に、潮の香りがしてきた。

芝神明宮を右に、寺町らしいことがうかがえ、阿部川町に似ていると思ったのは三十郎だけではなかった。おくみが口を開く。

「あら、この辺もお寺さんが多いのね。神社さん、ひとりで頑張ってる」

一同は社殿に向かって、手を合わせた。

高輪(たかなわ)から海沿いの道を歩き、品川宿の口に着いたはいいが、旅籠(はたご)はもちろん木賃宿まで満杯となっていた。

「あちゃぁ、やっぱり野宿だ。土間でもいいんだがと頼んだけど、そこも埋まってるとよ」

「早く知ったつもりでいたけど、品川近在の人たちなんだろうねぇ……」

助十おくみ夫婦の話には、まだその先があった。

「伝馬(でんま)の厩(うまや)にも、泊めるのだとよ」

「えっ。馬の足元に、寝るの」

「馬は賢いから踏んだりしねえだろうが、小便を浴びらぁ。馬には二頭ずつ詰めていただいて、空いた厩に藁蒲団(わらぶとん)らしい」

「へえぇ、うちの長屋より上等だわね」

みんなが笑った。

見物席を見てくると離れていた彦太が、したり顔で戻ってきた。

旅人が寄る茶店や一膳めし屋が並ぶ街道の裏手が、一等の席になるという。

「裏手はずっと磯づたいになっていて、江戸前の海が一望できます」

「幽霊だね」

「なんです？　幽霊って」

「裏めし屋さ」

「じゃすぐに行って、場所取りしとかなくちゃ」

おまちが行きかけるのを、彦太は制した。

「紅梅長屋の幟を、しっかり立ててきました」

「でかした、彦。今夜は、そこに野宿だ」

「えっ、木賃宿くらいあったでしょ」

「どこも満杯。空いてるのは、お大名の本陣だけだとよ」

「大家さんは南町のお役人だ。本陣の台所の土間でも結構だからと、言えませんかね」

「ここは江戸ご府内でない上に、大名の泊まる本陣は警固の都合があって、無理だな」

仕方ないと一同揃って街道の裏道に入った。

その名のまま湾曲した磯道は、波除け(なみよ)の堤が築かれ見晴しが凄いものとなっていた。

「あの先に見えるのは、房州ですかね」

「上総かもしれぬが、対岸ではある」

夕立が、あいだにあった様々なものを取り払い、うっすらと筑波の嶺までが目に入った。

が、江戸の海には漁船一艘浮かんでおらず、ところどころに幕府御用とおぼしき船が見張りとなって碇を下ろしていた。

「怖いのだろうな」

「大家さん。なにが怖いって言うんです」

「江戸城のお歴々は、黒船が大砲を放ってくるのではないかと心配なのさ」

「お蝶ちゃんは、そんな乱暴はしないと言いましたけど」

「おれもそう思うのだが、万が一とやらを考えるのが幕府ってところだ」

「撃ってきたら撃ち返しますかね、こっちも」

「さぁな……」

三十郎は曖昧に答えたが、異国船の話は禁止との通達がなされていた。

幕府下達をもたらせたのは南町の同心で、馬づらの小山國介だった。

「ご法度とした理由は」

「要らざる不安をもたらせ、市中が騒擾を見るとの懸念と思われます」

大火事のときと同様、路上に人があふれ、迷子が出、火消しが動けなくなると付け加えた。

「かもしれんが、どうやって人の口に戸を立てる」

「はぁ」

方法など誰も分からないのですと、小山は苦笑いをした。

漁師が沖に黒船を見つける。代官所へ走って伝えることまでは決まりだが、その後は口をつぐめというのだ。

怖ければ怖いなりに、面白いとなったら言いたくなるのが人間だった。案の定、江戸の駕籠舁である助十は知り得たし、長屋の連中に語っていた。

「見に行かなきゃ、江戸っ子じゃねえ」

異人が鬼とか、黒船がとてつもなく大きくて速いと知らなくても、物見高い連中なのである。

「現に品川宿は江戸の野次馬に、占領されたではないか。小山」

幕府の威光が失せたのではなく、役人が民百姓を把握できなくなっただけなのだ。

「長屋の連中は、おまえなんぞより賢いぞ」

三十郎は本気で言ったが、通じなかったのを思い出した。

紅梅長屋の幟の下に茣蓙を敷いていると、勝手口となる家から男が出て目を瞠った。

「こんなところでなにを」

「黒船が来ると聞きまして、江戸から見物に参りましたです」

「来ないよ、ここまで」

めし屋の主人は、まちがいないだろうなと言い切った。

「どうしてです。江戸の公方さまへ挨拶をしにって聞きましたけど」

「そうかもしれないが、この品川沖は遠浅なのと、お江戸へ近づくにつれ川から流れてくる土砂で底が浅い……」

聞いた一同は鯨が江戸湾にまで来ないのと同じで、黒船は見られそうにないと顔を見合わせた。

「じゃぁ宿場に泊まっている見物衆は、それを知らないいんですかねぇ」

「旅籠や木賃宿の主人たちは、口が裂けても言わないだろう。いつもの倍ほど宿代を取れる上客を、手放しはしないってことだ」

抜け目ないのは、商売人の常だった。

が、日が暮れはじめた今、足も疲れていれば歩く気力はないのである。どうしたものかと思案する助十を見て、めし屋の主人は猫なで声を出した。

「うちの台所でよけりゃ、泊まっていきなさるかの」

「えっ」

「夏とはいえ、夜露(よつゆ)は体に毒。小さな子もおるようだし……」

親切心からか足元を見透かしてか、渡りに船の気がしなくはなかった。

「ならば、宿賃は？」

「そうさな、ひとり百文(もん)ばかりで」

「主(あるじ)、一膳めし屋が客を泊めるとなると、宿場役人へ届けねばなるまい。バレたなら厄介なことになろう」

三十郎は駆け引きに出た。

「ご浪人さんも、なかなかじゃ。ならば内緒ということで、八十」

「六十」

「いや難儀な。中を取って、七十。これより下なれば、野宿。それもこの裏通りは、使わせんで」

「決まった。七十文で、手を打とう」

長屋の者たちは、侍大家が商いの真似ごとをしたことにおどろき、三十郎自身は腋に大汗を見たことをひた隠しにした。

話はまとまったが、ひとり七十文は安くない。毎月の店賃を滞らせる者たちではなかったが、仕事を休んでの出銭は帰ってから響く。五十くらいと言うべきだったと、三十郎なりに悔んだ。

さっさと台所の敷居をまたいだのは、おまちとおくみの女房ふたりである。いきなり箒を手に、掃除をはじめた。

男どもも順次入ったが、広いところではなかった。

四十女のおやえが前掛けを締め、客のいる店の外に出て声を出した。

「いらっしゃいましな、熱々の御飯に具がたっぷりのお味噌汁。旅の疲れにどうですかぁ」

客引きをしはじめた。これが受けたのか、三人五人と客が入ってきた。

おくみとおまちも店に出る気になって、亭主に箒を渡して前掛姿になった。

一膳めし屋がいきなり大忙しになり、長屋の男どもは飯を炊いたり水を汲んだりと働きだす。

お蝶にいたっては店の表口に立ち、無闇やたらと愛想をふりまいた。

市松人形を見るような娘が看板となれば、旅びとは安心する。たちまち店はいっぱいになった。

「ひとり十文、これは蒲団の借り賃。助かりましたよ、皆さん」

主人が満面の笑みで、米や味噌を切らしたところで店じまいをした。

三

翌日、夜の明ける前から起きてきたのは幸次郎おやえ夫婦で、魚河岸（うおがし）の仕事で馴れているとはいえ、いくらなんでも早すぎる。

「それらしい巨（おお）きな船や煙なんか、どこにも見えませんです」

「暗いから、分からねえんじゃないの？」

寅蔵が口を尖らせたが、星あかりでも分かるものだと幸次郎は言い返した。

「やっぱり、もっと南に碇（いかり）を下ろしたんだ……」

助十のひと言に、全員がとび起きて身仕度をしはじめた。

「浦賀沖じゃ奉行所の前、それより江戸に近い湊となると神奈川宿か、程ケ谷、戸塚あたり」

幸次郎のことばに、助十は首をひねった。

「いいや。東海道沿いの海となったら、大騒ぎになるはずだ。ちょいと離れた金沢ならば、人も少ない漁師村で都合がいいかもしれない」

金沢八景は廣重の名所図会で知られる景勝の地とされていた。

「助さんに訊くが、都合がいいってぇのは？」

「奉行所の役人にしてみりゃ、追いやったことになるのだが、異人さんも無用な争いをするつもりがないってことになるでしょうに」

「無用な争い？」

「あぁ。大砲を放って戦さを仕掛けるとか、陸に上がってくることさ。はじめから、ドンと花火を撃つつもりはない。だから人の多くないところに碇を下ろす。しばらく異人は、静観する気だろう」

「異人さんは、好い人なんです」

お蝶が口にすると、一同はうなずいた。安堵の目を向けあった。そして銘々がふたたび草鞋を履いて、出立となった。

今度こそ出遅れまいと、急ぎ足になった。

玉川にある六郷の渡しで川崎宿に入ったとき、ようやく夜が明けた。

「まだ誰も、遊山客はいない。となると一番乗りは、おれたちだ」

「相州にだって、物好きな野次馬はいらぁな。昨日の内から、すわり込んでるかもな」

「どうかなぁ。街道沿いにお達しが来て、見物ならぬの御触れが出てるんじゃないか。おれたちは江戸者、お達しは知りませんってことにしよう」

彦太が江戸っ子は別だと、一番乗りを主張した。

夏六月の朝は清々しく、汗もかかずに歩けた。

神奈川宿から東、海へ向かって一路金沢八景へと向かうと土地の者が出てきて、紅梅長屋の幟を掲げる一団を不思議そうに眺めるだけだった。

磯の香りがして、小高い丘がふたつあるのは名所図会に描かれた景色そのままである。が、丘の中腹ならよく見えるだろうと上って行くと、いきなり人くさささが漂ってきた。

「なんだ、これ……」

寅蔵が息を呑んだのは無理もなく、まるで露天の芝居小屋を見るようだった。

莚(むしろ)の上に固まる男たち、茣蓙(ござ)を敷いて海を眺める女の一団、子どももいれば、年寄りもいる。そればかりか、肩から岡持ちを下げて握り飯を売る者までいる。

「ええ梅干のおむすび十文、海苔を付けて十二文。竹筒の水は十五文、汲んだばかりの清水だよ」

沖を一望に見渡せるところは足の踏み場もなく、そのあいだを器用に売り子は歩きまわっていた。

今ひとつの人気は松の木陰で、ここは涼しい。大店(おおだな)の奉公人たちらしく、番頭を中心に揃いの法被(はっぴ)に店の名が染めてあった。

「神田司町(つかさちょう)、鶴来屋(つるぎや)とあらぁ」

「ということは、江戸から出てきたんだ。飛脚問屋かなにかで、いち早く黒船の到来を知ったのかなぁ」

「どうでもいいから、おれたちの茣蓙を敷く場所を」

言ってはみたが、残っているのは水たまりの跡とか、肥溜(こえだめ)の風下になりそうなところばかりだった。

「仕方ない。肥のにおいがしてこないことを祈って、ここにしよう」

沖が見渡せないのでは、来た甲斐がない。平らですわりやすいところに手早く茣蓙を敷くと、女たちは物売りのもとへ走った。

空腹ではなにもできないと、朝めし代わりのおむすびを買っていた。

この海はどこなのかと三十郎は、すわっている見物人に訊ねた。

「小柴浦というらしいです」

「来ますかな、黒船」

「聞くところによると、この辺は深いのだそうで来るはずだと言ってました」

「分かるのだろうか、異人は海の深さを」

「二年ばかり前、黒船から小船が下ろされて深さを測りに来たそうですよ」

浦賀奉行所も知らないことを、土地の者は見ていたのだ。

幕府が出した口止めという法度は、まったく意味をなしていなかったことになる。ましてや、この混雑ぶりを知ったなら、役人は目をまわすにちがいない。

江戸市中の花見でも、これほどの人出を目にしたことはなかった。

どこからともなく、三味線が聞こえてきた。早くもお蝶が、膝の上に置いた手を動かしている。

船見に、余興がはじまった。

浮かれている。酒がまわされ、やはり踊りだす者がいた。

巧くない三味線と唄が、かえって場を盛り上げ、いやが上にも黒船の到来が待たれた。

小高い景勝の地は喧騒の場と化し、彦太と寅蔵が徳利ごともらってきたと笑いながらすわった。

「盗んだのではあるまいな」

「まさか。持ってけと、押しつけられたんです。いただきましょうよ」

茶碗に酒を注がれると、踊り狂った昨日のつづきを見そうな気がした。

どこも立ち上がり、踊りはじめたときである。

「来た。来たぁ」

一斉に海を眺めると、鯨より大きな真っ黒い軍船が、海面をすべるごとく進んでくるのが見えた。

「いよっ。三国一ぃ」

芝居の大向こうのような声がかかり、手をふる者、足を踏みならす者、幟を左右に動かす者が出てきた。

幟は阿部川町紅梅長屋だけではなかった。本所石原町源助店、日本橋長谷川町村上屋、芝神明町氏子中などと読めた。

「速いなぁ。櫂ひとつないってぇのによ」

「煙を吐いているだろ。あれは薪を燃やしてるのだそうで、大きな水車みたいなのをまわして漕いでいる」

「四杯も並んでら。千石船の倍どころじゃねえ。帆は小さめなのが、幾重もある。中の異人は、よく見えないね」

　声を大にして、誰も彼もが言いあっている。が、ひとりとして怯える者はいなかった。

　三十郎は分からないながら、砲門とおぼしき筒を数えてみた。一艘にざっと二十、左右にあれば四十はあるだろう。一斉に火を吹いたら、と考えた。

　横にいるお蝶は、晴れやかな顔で眺めている。異人さんは好い人と言ったことばが、思い返された。

　しかし、四艘もの巨船を見た幕府の役人たちは、上を下への大騒ぎをしているにちがいないのだ。

「撃って来たなれば、どう致しましょう」

「すみやかに御用船を差し向け、ひとまず長崎出島へと命じよ」

「御用船では、とても追いつけません」

「――――」

役人とは、そんなものである。前例のないことに、対応ができないのだ。今まではじっとして相手にしないでいると、帰ってくれた。しかし、それはもう通じない。

――もし江戸のどこかに、乗り入れたときはどうするつもりであろう……。

三十郎はぼんやりと、そんなことを考えた。

「あぁっ」

彦太が声を上げた。そして指を、四艘めの黒船の艫（とも）に向けて叫んだ。

「異人の野郎が、並んで小便してるっ」

白い同じものを着た男たちが、連れションをしていた。

それを丘の上の野次馬どもは怒りもせず、笑った。

「おれたちと、変わらねえや。異人も立ちションするんだ」

「犬みたいに縄張りだって、においをつけてるのかね」

「馬鹿なことを言うな、下は海だ」

周りはみな笑いだした。

「ねっ、好い人でしょ」

三十郎の袖（そで）を引き、お蝶が笑った。

松の木に上っている男がいて、遠眼鏡を持っているのかと見ると、一心に筆を走らせていた。絵師だ。

黒船を描いているのだが、その筆が止まった。

碇を下ろした黒船は止まると同時に、砲門を動かしたからである。陸に向け、一門ずつ一つ方角を定めはじめた。

「こっちじゃねえ。有難いことだな」

誰かが言うと、笑いが起きた。

半分は冗談なのだが、江戸者は怒らない。黒船の異人も冗談のつもりでやっているると信じているのだ。

「おぉい。ここだよ、ここっ」

寅蔵が声を上げながら、紅梅長屋の幟を振った。

すると幟を手にした者はみな、打ち振りはじめた。

そのときである。立ち小便をし終えた異人たちが、こちらに向かって両手をふってきた。

「よぉ、よく来たなっ」

丘の上からも、手を振った。

お蝶はピョンピョン跳ねながら、袖を打ち振る。みな各々が声を上げ、歓迎の合図をしはじめた。

黒船の中からさらに異人が出てきて、手を振っている。

「ほらほら、やっぱり好い人」

言ったとおりでしょと、お蝶が喜ぶのを見た三十郎は嬉しくなった。

黒船の二艘は白い帆を下ろし、停泊を決めたようだ。

すると三百石ほどの海船が、少し離れたところに碇を下ろすのが見えた。中に女が見える。

「芸者を引きつれて、お江戸から旦那衆の到来だぜ」

大川で見たときは屋形舟だったが、海に出るのは無理と乗り換えたのだろう。いかにも綺羅を張ったといわんばかりの紗を着た大尽が、揃いの浴衣を芸者たちに着せての遊覧である。

「いいわねぇ、あんな間近で。あたし、芸者さんの付き人になって行きたかった」

偽らざる長屋女房おまちの本心は、寅蔵や彦太たち男にも賛同を呼んだ。

「仮雇いの箱丁なら、一日だけでも一緒に乗れたかもな」

「無粋な男なんぞ、姐さん方の痒いところに手がまわせねえんだから、仮雇いもしてくれねえ」

箱丁とは、芸者の弾く三味線を桐箱ごと運ぶことから付いた名だが、姐さんの帯を結んだり、替えの足袋を預かりつつ、無頼漢の乱暴を巧みに躱す役の男衆をいう。

三十郎はあの中に、〆香が居るのではと目を凝らした。同じことを、お蝶も思ったらしい。

もっとも居たとしても声は届かず、どうなるものではなかったが。

同じような大尽船があと四艘、黒船を囲むように近づいてきた。

海風に乗った三味線が調子を合わせる音が届くと、揃いの浴衣芸者が立ち上がった。

黒船の異人たちが、なにごとかと身を乗り出してくる。

「竹雀で、総踊り」

お蝶が声を上げると、聞き憶えのあるタケスという俗曲が間遠に聞こえてきた。

陽気で華やかな唄に合わせて、芸者衆が賑々しく踊りだしたのを異人たちは手を叩いて囃しはじめた。

「あっ、分かってるんですな、歓迎しているというのを」

幸次郎がうなずきながら、笑顔を向けてきたときである。

「き、来やがったよ。お邪魔虫」

助十は幕府の御用船が、黒船と大尽船のあいだに割り込んだのを見て腹を立てた。

役人がなにを言っているか聞こえないが、近づくこと相ならん、遊覧船は即刻戻れと命じているのは誰にも分かった。

「てめえらこそ、帰りやがれ。へっぽこ役人っ」

「黒船ぇっ。芸者を上げてやれ、遊んでもらえるぞぉ」

「お大尽。くそ役人どもに、小判を投げろっ。引き下がるってよ」

丘の上では、みな口々に野次を飛ばした。もちろん届くわけもなく、若者を乗せた船はすごすごと黒船から遠ざかっていった。

三十郎は御用船の役人が黒船にどう対峙するかと、興味ぶかく見つめた。

裃姿の役人が、通詞であろう男を介し、声を上げている。

黒船のほうでも、威厳ある恰好の髭をもつ男が船べりから身を乗り出した。ことばが通じているかどうかは、丘の上にいる三十郎には分からない。しかし、幕府の役人が相手にされていないらしいのは、黒船の異人が両手を上げたので知れた。

ざまぁ見ろとは思わないが、この六十余州の国が軽んじられているのが分かって、唇をかんだ。

生まれてこの方、蘭学はもとより異国の諸事情を知らないできた。ことここに至って、それを悔んだ三十郎である。

学んだから分かるというものではないだろうが、おのれの考えと行動に幅なり奥行きが生まれたのではないか。

そこに気づくことができた。一方それに気づいていたのが、お蝶の父親なのだろう。

開港して交易をするのが正しいかどうか、これは分からない。しかし、なにも知らない三十郎は意見を戦わせ知識もない御家人だ。

泰平二百年と言われて久しい。が、この泰平は六十余州に戦さが起こらなかったことではなく、侍も町人も安穏に胡坐をかいていたことに過ちがあったと捉えるべきではないか。

――おれも、進歩向上したものだ……。

ひとり北叟笑んだとき、丘そのものが揺れた。

ドン。

揺れからわずかに遅れた轟音が、花火の六尺玉でなく、黒船の砲門が放ったものだと知ったのは、間髪を入れず口にしたお蝶のひと言からだった。

「あ。黒船の、大砲」

「江戸に向けて、撃ったか」

「音が長く曳いて行かないので、空っぽの弾丸だと思う」

「なにゆえ、そなたは左様なこと、存じておる」

「父上が、教えてくれました」

けろりと言ってのけ、紅梅長屋一同を唖然とさせた。

「おあつまりの皆さんっ、今のは音だけでした。異人さんは好い人で、馬鹿な役人を追い返したのです」

彦太が声を上げたのは、幕府御用船が尻尾をまいて退散して行くのと同時だった。

「役人、腰が引けたかぁ」

「お見事っ。黒船、三国一ぃ」

大砲がどんな代物であるかを知らない町人は、囃し立てた。

「急ぎだったもので、御用船は鉄砲を持ち込めなかったんだろう」

「異人のほうにしたら、上から漬物石を落とせば沈められるはず。舐められたね、御用船」

　弥吉と助十のやり取りに、丘の上の周囲が笑いだした。

「もっとも漬物石を落としちゃ、代わりの石は海の上じゃ見つけられないと、出し惜しみしたわけだ」

「当然よ。何十日も船の上だ、漬物はなにより大事だからよ」

　これまた周囲を納得させ、ふたりは鼻高々となった。

　先刻まで横にいたお蝶がいないと、三十郎は近くを見まわした。

　頭上に大きな輪をのせている稚児髷は、すぐに見つけられた。人を捜していた。まちがいなく、父親をである。

　丘には千人ほどがいた。が、侍の恰好をしているのは、三十郎しかいなかった。

　泉八郎が町人姿に身をやつしてと考えたが、一徹な男がそれをするとは思えない。それでも、ここ小柴浦の黒船を見に来ているだろうとは想像できた。

父娘の再会はいい。しかし、攘夷の連中が尾け狙っているのなら親子を会わせては危ないと、三十郎はお蝶のもとへ駈け寄った。

「駄目ではないか、お蝶。おまえの父は、娘を巻き込ませたくないと、おれに預けたのだぞ」

「でも」

「いかん」

「だったら父上が万が一を見るようなら、あたし、遺志をつぎます」

「医師になると申すか」

「ちがいます。異国と交易をする湊をふやして、この国を開くのです」

「――、国を開く」

町人に分からない国という概念を、六歳の女がもっていることにおどろいた。

ひたすら〆香と懇意になろうと狙う三十郎とは、月とスッポンほどのちがいがあった。

金沢の丘の上は、誰ひとり帰ろうとする者がいないどころか、祭りのはじまりでしかなくなってきた。

黒船との根くらべで、次にどうなるかを見ない内は動かないというお蝶の気持ちが見て取れた。

江戸から船見に来た表長屋の住人らしいのが、話をはじめた。

「あのさ、裏の御隠居が遠眼鏡てぇのを持ってたろ。あれ、借りてくりゃよかったんだ」

「とっくに、娘婿どのが借りてたよ」

「ここに来てるのか」

「品川宿にいます」

「あ、馬鹿だね。品川沖は、遠浅って知らねえんだ」

別の一団は、昼めしの心配をしていた。

「こんなところじゃ一膳めし屋もあるまい。どうしよう」

「朝やって来た物売りが、また来るって言いました」

「そうかい。ならば早めに、つかまえろ」

信じ難いほどの、強者がいた。米を研いでいる。

「水が足りないから、少し糠くさいけど、みんなの分はなんとかなるわよ」

梅干や塩昆布などの乾物を出し、昼の分は大丈夫と言って火を入れた七輪を見た紅梅長屋一同は、口を開けて見つめるしかなかった。

「とてもじゃないけど、おれたち遅れを取ったってことだよな。一番乗りどころか、めしの仕度なんて考えもしなかった」

ため息まじりで助十が言うのを、女房おくみはしかめっ面から呆れ顔をした。

「どこが、駕籠仲間は耳が早いものよ。大八車を曳いて、引越しのつもりで来るべきだったわね」

彦太が夫婦のやり取りに、口を挟んだ。

「蒲団があれば、明日もいられますね」

「鍋釜、茶碗に箸、小鉢、七輪に箒があったらよ……」

「屋根はどうする？」

助十が言うと、みんなが大工手伝いの弥吉を見込んだ。

「短い柱四本、梁にする横木七本。その上に雨合羽をつなげりゃ、ひと晩くらいは」

紅梅長屋のやり取りに、周りの見物人たちは笑いだした。

どの顔も、心配をする顔などなかった。

「花見だって散るまで、三日も居つづけをする好き者がいる。こっちは生涯に、一度だけとなる異人の船見だぜ。出るまで待とう、ほととぎすさ」

寅蔵のことばに、近くにいた見物客はこぞってうなずいた。

お祭り騒ぎは始まったばかりで、これからが勝負となる。

黒船が黙って引き下がらないなら、大砲合戦になるかもしれないと、三十郎は考えた。が、傍(そば)を離れない小娘は、異人は好い人とくり返した。

眼下に広がる小柴浦には、四艘の黒船がどっかと腰を据えたまま動きだしそうにないようだ。

真夏の日射しが、上から照りつけてきた。笠を被る者、手拭を頭に団扇(うちわ)を使う女もいる。しかし、一人として暑さを厭(いと)う者などいなかった。

黒船の上に、異人がいなくなっていた。

四

昼どき、朝にも増した人数の物売りが、芝居小屋の幕間そのままを見せて賑わった。

稲荷鮨(いなりずし)や握り飯はもちろん、団子や煎餅(せんべい)、甘酒売りが来れば、水売りが瓢箪屋(ひょうたんや)

を引きつれてあらわれた。

「ええ山ノ手の清水、冷たくて美味(おい)しいよ。瓢(ふくべ)に入れて、十六文。大きいものから、売れてます」

大きさが様々な瓢箪である。誰もが大きいのを欲することで、売れに売れた。が、見ていると水屋はどの瓢箪にも、大きな柄杓(ひしゃく)一杯分を注いでいるだけ。

「水屋の野郎、江戸の見物客を煽(あお)りやがったな。あんな遣(や)り口(くち)は上方流(かみがたりゅう)だ」

助十が片眉を上げながら、客の足元を見て商売をする水屋を腐(くさ)した。

とはいうものの、買い求めた水は旨かった。

江戸の水は上水から引いてきた水を、井戸から汲み上げる。この山ノ手がどの辺りだか知らないが、小さな山や丘の多いところらしい。

いきなり、声を掛けられた。

「やっ。いましたね」

三十郎を見つけたとばかりに、侍が声を掛けてきた。南町の同心、小山國介である。

「小山か。なにゆえここに参った」

「阿部川町のお宅は留守、聞けば黒船見物に長屋揃って出掛けたとのこと。いやあ、探したのなんの」

馬づらの國介ゆえに、息を切らした馬を見るようで、すぐに瓢の水を与えた。

「餌はよいのか」

「えさとは」

「いや、そのなんだ。早馬に乗ってきたのかと」

「馬には、わたくし乗れません。江戸を七ツに発（た）ちましたです」

「おれに用向きでもあるのか」

「ございます。お奉行播磨守（はりまのかみ）さまより、与力格紅さまへの密命が」

「――」

奉行直々（じきじき）の密命と聞き、三十郎は長屋連中に聞かせたくなってきた。

このおれは市中探索という、大役を仰（おお）せつかっていたのだ。裏長屋を差配する大家とは、仮の姿でしかないことを知れと。

國介はかようなところではなく人のいないほうでと、三十郎を丘の裏側へいざなった。

「此（こ）たびの黒船到来について、ご老中阿部伊勢守さまは諸侯へ意見具申を下達なされましたのです」

今度は老中首座の名が出され、三十郎はことの重大さと、おのれの評価の絶大さを知り、胸を反らしつつ、あごを上げた。

「幕府お歴々にも、拙者の名は知れわたっておったのか」

「はっ。紅よりほかに、詰問されず廓に通える者はいないと」

「廓、女郎買いを致す吉原のことか？」

「吉原の中にも番所はございますものの、見世の者たちとはつぅかぁの仲。番所の役人が取り込まれてしまうのは、目に見えております。やはり奉行所の者が直々、出向かなくてはなりません」

「よく分からんが、諸侯に意見を求めるのと、廓がどう関わる」

「大名は諸国の領主、それなりの力を持っております。今ひとつ、力を有すのは豪商。この大尽たちが心を許して遊ぶところが、吉原です。大商人らの忌憚のない意見を、探り出せとの密命とお考えください」

黒船が来た。異人が願っているのは、交易にほかならない。それをどこまで許し、先々どうすべきか、銭を握っている商人から聞き出せというものだった。

「左様な役どころ、おまえでもできよう」

三十郎が口を尖らせて言うのを、國介は眉を寄せて言い返した。

「嘉永の遠山金四郎は、紅さまではありませんか。無頼を装って、廓見世と懇意になる。そこの常連客と仲良くなって、本音を聞き出す。これぞ政ごとの、新しいかたちです」

大砲の鋳造ひとつ取っても莫大な銭を必要とするのだから、大商人たちの動向を押えておけと言うのだ。

「なるほどと申したいが、廓なり豪商と懇意になるのは一朝一夕には参らぬぞ。お奉行なりご老中から、お手当はあるのだろうな」

「ございません」

「自腹は、切らぬ」

「紅さまのほとんどの動向は、把握しております。〆香なる名妓と親しくなり、その娘弟子を懐に飼っておられるはず。これを利用し、近づけとのことでした」

「……………」

開いた口がふさがらない。にもかかわらず、三十郎は涎を垂らしそうになった。

「忘れておりました。南町より此たびの黒船について、伝える話がございます」

「戦さになりそうか？」

「いいえ。黒船には一年後、改めて来るようにとの交渉がまとまりそうです」

「――――」

考えもしない話が出て、三十郎はほんとうだろうなと國介の顔を見込んだ。

國介は老中が浦賀奉行へ下達した内容を、かいつまんで語りだした。

黒船はアメリカ船で、国の信書を携えている。長崎へ回航をと伝えても、聞く耳を持たなかった。そのまま小柴浦にまで侵入したものの、この先の深度が不明となれば座礁するとも考えた。

「おそらく今日中に、引き返すでしょう。ただし信書は手渡されるにちがいなく、その上陸地点は浦賀より遠い相模湾に近いところにしたいのです」

幕府は必死なのだと言って、國介はため息をついた。

「密命だかは、承知したよ。その代わりと申すのもなんだが、アメリカだかの異人をこの目で見てからにしたい」

「物好きにすぎますよ、紅さま」

「いや。異人が鬼かどうか、確かめなくてはならんのだ。あの小娘と一緒に」

「お蝶でしたね、浦賀同心であった者の娘」

「そうだ」

「名を野村泉八郎、案の定というか黒船を見にあらわれたとのことです」

「もう捕縛の手が、まわっておるのか」

「罷免され、動くための元手にと御家人株を売ったそうですから浪人でしかありません。暴れない限り、なにをしてもいいはず。しかし、攘夷を名乗る輩は、泉八郎を始末すべく追ってます……」

「幕府は攘夷連中の手を借りて、口封じをするつもりか」

目を剝いた三十郎に、國介は口元を引き結んだ。

「浦賀へ参られるなら、拙者を同道させてください」

小山國介もまた、黒船の到来によって侍同士が斬りあい、国が乱れるのをよしとしないのだろう。

「おぬしが一緒なれば、入れぬところへも行けるな。わが長屋連中ともども、同道ねがおう」

「町人は、難しいと思います」

「いずれ廓に出入りするのなら、駕籠舁や貸本売り、按摩なんかもおる長屋だ。役立つはず」

「按摩が船を見に？」

「ここにはおらぬ。しかし、豪商に近づくには、按摩が一番ではないか」

「なるほど。紅金四郎さまに近づきましたね」

言われた三十郎は尻がむず痒くなりそうになったが、攘夷の連中がお蝶の父親を狙っているのならと、きりりとした顔を返した。

三　佐久間象山がいた

一

三十郎は紅梅長屋の者たちに、そっと耳打ちをした。

「黒船は引き返し、浦賀の地に戻るとの話だ」

「えっ。先刻のお役人が、大家さんへ教えてくれたんですか」

「確かなことらしい。どうせなら、間近に異人見物をしてみぬか」

「行きましょう。ここまで来て、帰るなんて法はない」

寅蔵が声を上げたことで、周りにいた見物連がなにごとかとふり返った。

「そうだ。黒船が諦めて帰るとなれば、ここにいても仕様がない。さぁ江戸へ戻ろう……」

声高に言いながら三十郎は目配せをして、千人余もの大勢で浦賀に行くわけにはゆかぬと、小さく手を動かして見せた。

「てぇことは、あっしらだけ格別な扱いをしていただけるんですか」

幸次郎は声を落とし、口元をほころばせた。

助十おくみ夫婦はうなずきあい、松の木陰に立つ小山國介を見て、御礼の会釈となった。

「江戸のお役人さんは、ご同輩に親切なんですねぇ」

「ど、同輩とは、あの者か」

「でしょう？　南町の」

「馬鹿な。あの小山と申すのは、同心。拙者は与力で、格上である。幾度も申すとおり、おれは市中探索の命を帯びた遠山金四郎なのだ」

首の後ろに手をやりながら、なぜか店子に自慢してしまうのをほんの少しばかり反省した。

「さぁ帰ろう。異人は、もう出そうもねえからな。仕事も、そうそう休めねえ」

聞こえよがしに、弥吉は茣蓙を畳みながら声を上げた。

周囲の見物人は昼めしを頬ばりながら、貧乏人は銭がつづかないのだろうと、気の毒そうな、それでいて意地悪な目を向けたので、紅梅長屋の者たちをニンマりさせた。

　松の木陰では、國介が絵師としゃべっていた。叱っているのではなく、知った者同士のようだった。

　絵師が荷物をまとめて帰ったのを見て、三十郎は國介に訊(き)いた。

「あの者は、町奉行所が手配したのか」

「はい。御城のお歴々に見せるべく、詳細な絵を描かせております。ここだけでなく、浦賀はもちろん、品川や対岸の房総などにも絵師を送ってます」

「抜かりがないな……」

「一応としか、申し上げられません。どれほど精細な絵を描いたところで、異人の心の内までは覗けませぬゆえ」

　長屋連中を後ろに、三十郎と國介はお蝶(ちょう)を挟んだかたちで歩きだした。

「浦賀の近くは、ここより大勢の野次馬が犇(ひしめ)きあっておるのであろう」

「いいえ。その逆でして、幕府役人と各藩の警固方(けごかた)、および追加となった幕臣のみとされてます。もっとも、相当な人数ですが」

「厳重であるな」

「町人に異人を囃(はや)し立て煽(あお)られては迷惑極まりないと、ご老中よりの下命がございました」

「みんなが喜んでお迎えしますって、見せるといいのに」

男ふたりの話に、お蝶が割り込んだ。

「うむ。黒船の異人たちは、見物人たちの掲げる幟に、手をふっておった……」

それっきり、話は途切れた。腹が鳴ったからでもあった。

東海道の戸塚宿までは遠そうに思えたところ、國介が西瓜売りを見つけ、人数分を買ってくれた。

腹の足しになると、長屋連中は種を飛ばしながら歩き食いをした。

「こっちの西瓜は美味しいわね」

「近くの三浦という地は、名産地だと聞いておる」

おまちへ、國介は教えてやった。そして三十郎へ顔を向けると、西瓜の勘定をと手を出してきた。

「恥ずかしながら紅三十郎、独り身の小山どのとちがい、手元不如意にござってな」

「そんなはずはございません。与力格の俸禄が、ちゃんと出ているではありませんか」

「総て妻子に奪われ、湯屋の番台仕事に精を出しつつ汗をかいておるのだよ」

「大家としての、お手当がございましょう」

「やはり知らぬか、かつての拙者も同じであった。長屋を差配するとは聞こえが良いが、無給でな。その代わり、住まわせてやるというわけだ。辛くてな……」

三十郎は眉を八の字にして、ことさらに嘆いて見せた。

「しかし、若い時分の遠山金四郎さまは――」

「あちらは旗本のご子息。われらは、その下の御家人。泣きつける親はおらぬであろう」

「そんなものですか」

「宮仕えとは、左様なもの。嫌だと申すなら、野村泉八郎のように下野するしかあるまい」

横に小娘がいたと気づいたのは、つないでいた手が少し強く握られてきたからで、三十郎はことばを付け足した。

「ほんものの武士とは、独りでも立派な仕事をして見せる。われらは二流、三流だ」

「辞めればいいのに」

お蝶のひと言に、ふたりは顔をしかめて空を見上げた。

夏空に、真っ白な雲が一つ。明るすぎた。日輪を強く浴び、気概が乾き去ってしまいそうになった。

戸塚宿に辿(たど)り着き目に入った一膳めし屋の暖簾(のれん)をくぐったが、暮六(くれむ)ツまで客に出せるものはないという。

「客には出せなくても、おまえさん方が食べる分はあるんだろう」

助十が奇妙な理屈で迫ると、三十郎は國介の懐(ふところ)から財布を抜き取って一膳めし屋の主人に差し出した。

「安くねえだが、いいかの」

「大人十名に、子ども一。三百、いや四百文(もん)でどうだ」

「結構だ。旨(うめ)ぇもん、作るべ」

めし屋は紅梅長屋に占領されたかたちとなり、國介は奪われた財布をつかんだ。

「わたくしの財布です」

「知らぬか、小山は。江戸の裏長屋では、銭は誰のものでもないとの掟(おきて)があってな。持てる者が施すと、決まっておる。西瓜を買った折、中を見た。それとも無銭飲食で、江戸町奉行の同心が訴えられてもよいものかな」

「出ましょう。まだ開いている一膳めし屋があるはず」

「遅かったようだ。もう長屋の連中は、出てきた香の物に箸をつけてしまった」

三十郎は國介の財布から一朱銀(いっしゅぎん)を取り出し、これで払うぞと長屋連中に見せつけた。

沢庵をかみながら、みなが國介へ愛想をふりまいた。

「町方同心も、功徳(くどく)を施して嬉しかろう」

「嬉しくありませんね」

「今はだ。死んであの世に参ると、閻魔(えんま)がおぬしの帳面を見て、あぁ戸塚宿で善を施したな。なれば血の池を薄めてやろうと、寛大な処置をしてくれるぞ」

「わたくしは地獄、ですか」

「役人など、極楽へは行けぬ」

「では、紅(くれない)さまも地獄へ」

「おれは大家だ。さぁ飯が来た」

「……………」

熱々の味噌汁に干物(ひもの)、小鉢には切干(きりぼし)大根、生姜(しょうが)の載った冷奴に、握り飯だった。

不機嫌な顔をしていた國介も、腹が満たされるにつれ顔がほころんだ。

二

浦賀に着いたのは、暮六ツ。女こどもを伴なっての道のりは、いささか辛いようだった。

にもかかわらず、お蝶は健気に歩きつづけたのだから大したものだ。

國介が浦賀奉行所の小役人を見つけ、縄を張り巡らしていた中へ入って行く。その様は、堂々とする以上に威丈高を見せていた。

考えるまでもなく、江戸南町奉行所と浦賀奉行所では、格がちがった。

歩きながらした話のとおりなら、与力の三十郎が重要な町人たちに黒船と異人を見せるべく、縄張りの中へ入れたいとの交渉をしているはずだった。

三十郎は、なにをもって重要な町人に仕立てるかと、國介に訊ねていた。

「駕籠舁なら長崎屋で阿蘭陀人を乗せたことがあるので、仕種なり習慣を知っていると言います」

「確かに、江戸の長崎屋は出島からの蘭人を泊めるなぁ」

「大工と左官屋は、長崎屋の修繕に携わった。魚河岸の雇われ夫婦は、黒船と接した漁師と懇意。貸本売りは、蘭学者のところに出入りしているとか……」

「それでいい。連中には、そうしろと言い含めておく。しかし、今ひとり子どもがおるが、どう致そう」

「野村の娘とは気づかれないでしょうから、長崎屋の娘で」

話は早かった。言い含めるのも、簡単だった。お蝶だけが嘘をつきたくないと駄々をこねたが、父のためにと言ったのが効いた。

縄張りの中から出てきた國介は、大きくうなずいて見せた。

「うまく行ったか、小山」

「はい。もちろん浦賀奉行所の周辺は、厳重な出入り止めですが、入り江の向かいに小高い山があるそうで、そこならばとなりました」

「重畳である」

一同は立入り禁止の縄をくぐり、獣道ほどのところを登った。暗くなりはじめていた。

鬱蒼とした中であっても、潮の香りが青くささを抑え、海が近いことを教えてくれる。木々のあいだから夕暮れの光が射ってくると、自身が虫ほどの小さなものに思えてきた。

――おれは、いったい何者だ。

天下の一大事の中、物見遊山に興じているだけかと、面白がっている自分が情けなくもあった。

が、吉原探索の密命を帯びているのを思い出し、気を取り直した。

登ってゆく途中、茨(いばら)の棘(とげ)に脛(すね)をやられたと男たちが痛がっているのを、だらしないと女たちが笑ったのは、小柴浦(こしばうら)に着いたときから男たちは脚絆(きゃはん)を外したままでいたのである。

「脛に傷の一つや二つあるほうが、一人前なのよ」

江戸の女は、強い。

男に従っているふりをして、したたかに世の中を見抜いている女が多かった。

おまちが立ち止まって、斜め上のほうを見つめた。

「いかがした。小用か」

「あそこに、人が」

暗い雑木林の中へ指さす先に、袴(はかま)姿の男が一人いた。役人に思えなかったのは、悠然としたふるまいからである。

國介も気づいたらしく、近づくと声を掛けた。

「どなたなるや」

「そのほう、なに者ぞ。浦賀の小役人らしいが、話は奉行の伊豆守に通してある」

傲慢にして不遜な顔を見せた男は、遠眼鏡の立てどころを確かめていた。

月代を剃らずに総髪を束ねているのが学者か医者のようで、三十郎は蘭学の徒かと思った。

細身で色が浅黒く、窪んだ目だけ爛々と輝き、一種異様な風体は凄みさえ感じさせた。

長屋連中は近づきたくないと、歩きだした。が、お蝶だけは凝っと男から目を離さなかった。

「見知った者か、お蝶」

お蝶は黙って首をふった。気味がわるいと見たのか、それとも見入られたのか、三十郎が肩を叩くまで小娘は立ちつくしていた。

視界が開け、夏の海が落ちてゆく夕日がまぶしく光った。

「向かいは房州です。暗くなりましたが、奉行所は南のあそこに門が見えるあたり。というより、大勢の捕方が列をなして出て行くところです」

「浦賀の奉行所は、かなりの人手を抱えておるな」

「まさか。此たびの黒船接近で、急遽あつめてきた者たちです」

「近在には、そうした者が大勢いるか」

「いえ、たぶん無頼の連中だと思います。奉行所の捕方などより、度胸があるのです」

國介のひと言によって、ことの重大さを感じた。しかし、長屋連中は感嘆の声を上げた。

「ひゃあ、海よ、海」

「昨日から見てるじゃねえか」

「ぜんぜんちがうわよ、ここは独り占めできるんだもの」

おくみのひと言は、三十郎をもうなずかせた。

暮れなずむ大海原は沈んでゆく夕日を映えさせ、力強い。

誰もが目にする江戸の景色は、いつも人混みの中だが、今は贅沢にも仲間だけで見られた。浦賀奉行所による立入り禁止ゆえだった。

「あっ来た、来たぁ。同じ船だぞ」

寅蔵が眼下にあらわれた黒船を見つけ、大声で叫んだ。

四艘の大きな黒い塊は、ほぼ夕暮れとなる海の青を引き裂きながら、近づいてきた。

昨日はじめて見た黒船とは同じだったが、見え方がちがう。宵に近い中でも、明るく思えた。

「手が届きそうだな」

「見えるよ。異人がいっぱい出てきたぜ」

なんとなくだが、顔だちが自分たちとちがうのが分かる。そうなると、近くで見たくなってきた。

斜め後方で、先刻の総髪の四十男が遠眼鏡で一心不乱に黒船を眺めているのが見えた。

拝借できないかと考えたとき、幸次郎が声を上げた。

「煙を上げながら、ずんずんと近づいてます。こりゃ凄い……」

ことばにならないほど、異国船の見世物は三十郎たちに息を呑ませるばかりだった。

どんな侍でも、手だしを躊躇するだろう。それくらいの圧倒さを見せて、四艘は入り江の中ほどまで進んで止まったのである。

「止まりましたね」

國介が言うと、浦賀そのものまで静寂となった。

岸辺に一列をなす侍たちはもちろん、風も波も鳥も大人しくなった。

次になにが起こるのだ。その想いが、口をつぐませた。

黒船の砲門とおぼしき筒が、一つずつ上に向けられていった。その筒先がどこを狙っているのか、三十郎には分からない。

分からないながら、そこから火が吹くのかと鳥肌が立った。

どの黒船の砲も、上に向けただけで終わったようだ。

碇が下ろされ停泊すると思った刹那、赤い火が吹き上がり、轟音が周辺いっぱいに鳴り響いた。

ドドン、ドン、パッ。

夜の湊は、砲門から吹かれた火に明るくなった。

一門だけでなく幾つもの砲が火を吹くと、三十郎たちは思わず伏せた。

ドン、ドドドン、パッパ。

湊じゅうを揺るがす音が、肝を冷やしてくる。

「空砲ですっ、あれも」

お蝶が大丈夫だと、立ち上がった。

砲弾は飛んでこないとはいうものの、生きた心地のする音ではなく、怯える中にまたもや放たれた。

ドドドン、ドンパッ、ドドドン。

歓迎しろと脅しているのか、これが異国の挨拶なのか、数十発もの豪快な花火がつづいた。

「助さん。玉屋ぁとか言わねえのかい」

「なにを暢気な。幸次郎さんこそ、三国一と声を掛けるがよかろう」

洒落あっているらしいが、ふたりとも縮こまったきりである。

女房たちはと見れば、亭主にしがみついたまま離れようともしなかった。

ようやく終わったかと、國介は周囲を見渡した。

「どこにも火の手は見えません。お蝶の言うとおり、空砲だったようです」

「脅かしやがらぁ、まったく。地べたまで、揺れたぜ」

寅蔵が体についた泥を払いながら、呆れ顔を眼下の黒船に向けると、ことばを放った。

「あっ。小船を降ろしてる」

丘の上からそんな様子が分かったのは、四艘の黒船が灯りを満艦飾に点けたからだった。

揃いの白いお仕着せ姿の男たちが、降ろした船に乗り込んでいた。一艘ではない。どの黒船からも二艘ずつの小船が、波間に浮かんだ。

「まさか、陸に上がろうってんじゃ……」

弥吉のつぶやきは、誰もの想いと同じだった。

「紅さま、どうお考えです」

「おぬしと同じさ、小山」

三十郎は苦い顔をして、上陸してくる異人の行動を頭に描いた。

国書だかを手渡し、その返書をもらい受けるまでは動かないつもりなのだ。浦賀奉行が書くそれではなく、江戸の将軍直筆のものをである。

早くて五日、意見がまとまらず江戸城で小田原評定となれば、半月以上。返事がひと月もかかると、異人たちは陸に住まい居を求めるかもしれない。

じっとしていられなくなった異人は、やがて周辺を歩きはじめるだろう。土地の者と衝突したり、悪さをするかもしれないのだ。

「こりゃ一段と、面白くなりにけりですな」

幸次郎が満面の笑みを湛えて、長屋仲間に言い放つ。助十も弥吉も寅蔵も、女房たちともども踊りだして嬉そうな恰好となった。

ひとり彦太だけ、黒船から降ろされた小船をじっと見込んでいた。

「彦さんは、楽しくないのか」

「面白すぎてさ、草双紙に仕立てて売りたいんだけど、絵師がいないとね」

もう商売を考えている彦太だったが、長屋連中が揃って浮かれていることのほうに、三十郎は江戸っ子の能天気ぶりに呆れた。というより、舌を巻いた。

「おまえたち、異人が大勢でやって来るとなったら、どう致す」

「どうって言われてもなぁ、なるようになるんじゃありませんかね」

弥吉が店子連中に同意を求めると、誰もが怪訝な目を三十郎に向けた。

「大家さん、なにを心配なんで？」

「おまえ方の働く魚河岸に魚が一匹も入らなくなるかもしれんのだぞ、幸次郎」

「分かりませんね、大家さんの仰言ること。黒船は、運ばれて来た魚を横取りするとでも」

「そうではなくだな――」

「紅さん。店子の申すほうが、正しい気がしてきました。われらが憂いたところで、どうなるものじゃないでしょう。それこそ、杞憂というものです」

さん付けをした國介に遮られた三十郎は、黙っているお蝶が気になって目を向けた。

「異人さんは、悪さをしません」

「…………」

そうであってほしい。それだけだった。

通って来た道に声がしてふり返ると、来たとき縄を張っていた小役人が提灯を手にあらわれた。

「小山さま。まもなく暗くなり、ここにおられてはならぬとのこと。いかがなさいますか」

「泊まれる宿は、あるか」

「諸藩の警固組が押えて、どこも満杯です。葭簾張りの小屋もどきなればございますが、どんなものか分かりかねます」

「当方も南町奉行池田播磨守さまの急な下命により参ったゆえ、ここで帰るわけには行かぬ」

「あっ。黒船から艀が降ろされたようですっ」

下から来た役人は、異人が乗る小船が漕ぎ出されたのを知らなかったようで、声を上げた。

「浦賀奉行は、どう致す」

「御用船を差し向け、長崎へ向かえと再三命じておったのですが――」

「そうではなく、言うことを聞かず上陸した場合の対処は」

國介が強く問いただしたものの、小役人だからか首をふるだけで答に窮してしまった。

「後手にまわるばかりだ」

まだ二十一歳で町方同心になりたての國介だったが、役人の陋習に気づいてきた様子が見て取れた。

裏長屋という市井の真っ只中にある三十郎とは、別な意味での成長である。

「とにかく、みなさま方はここから出て下さいませ」

言われるまま提灯を先頭に山を下りることにしたが、遠眼鏡で黒船を監視する男が動かないままでいるのを、國介はあの者はとあごで役人に訊ねた。

「信州松代藩士で、佐久間どのと申す蘭学に通じた方と聞いております」

「まだ居つづけそうだが、構わぬのか」

「はぁ。藩主直々の申し出だそうで、われらが口を出すわけには参りません」

先刻より更に険しい目をしていた佐久間という侍は、三十郎たちをチラリと見返すと、両脚を力強く踏んばって遠眼鏡に集中した。

山の麓近くまで来たところで、件の役人は口を開いて言い募った。

「今の遠眼鏡の方ですが、気の触れたとしか言いようのないことばかりをお奉行に向かって申しておったのです」

「なんと申した」

「黒船に当てることなく、大砲を放てと」

「こちらから戦さを仕掛けろと申しておるか」

「ですが、弾丸の数が少ない上に、当てずに近くへ落とす技を有す者などおりません」

「佐久間とやらは、おれが撃つと言ったか」

「それは無理なようで、かようなことゆえ異国に舐められるのだと激しておりました。朝の山へ登り、陽が落ちるまで遠眼鏡で毎日。おかしな方なのは、においの強い干物を懐に水を飲むだけ。もう三日もあのとおりです」

「仙人のようだ。いや天狗かもしれぬな。鞍馬ではなく、浦賀の天狗」

「うまいっ」

幸次郎が國介の地口《じぐち》に、手を打った。

が、夜を迎えた奉行所の周囲は、騒然となっていた。黒船から降ろされた小船が八艘、次々と陸を目指して向かってきたのである。

戦さかと身構えてはいるものの、どの顔も夕陽の中でさえ白く見えた。

その前を横切るようにして一艘の御用船が、八艘の小船の先頭に立ちはだかった。

「あっ。中島どの――」

小役人が名を言ったので、知った者なのである。

「中島とは、役人か」

「ここ浦賀で知らぬ者なしの、与力どのです。親御さま同様、お奉行の片腕となって働いておられます」

海上で聞こえないながら、御用船から上陸はならぬと小船に言っているようだ。

その横で通詞《つうじ》とおぼしき者が手ぶりを交えて伝えているが、年長の異人は横を向いて聞く耳をもたぬの構えを見せた。

あろうことか与力の中島は、そのまま沖に停泊する黒船本体に御用船を走らせていた。

「――――」

三十郎は幕臣にも侍がいたかと、目を瞠った。

小船に乗る異人たちは全員、鉄砲を手にしている。撃たれても、おかしくはないのだ。

「異人さんは、やっぱり好い人にちがいありません」

お蝶のお題目となっていることばが、そのとおりになっていた。

御用船を囲むように、八艘の小船も黒船へ向かった。

「人質として、黒船に乗せられますかね？」

國介は三十郎に問い掛けたが、答えたのは長屋の連中だった。

「いいなぁ、間近に異人の顔が見られるものな」

「旨い物を食わせてもらえるだろう。口に合わねえかもしれねえけど……」

「お土産もくれるんでしょ？　あたし、異人さんの着物がほしい。どんなのだか知らないけど」

「黒船を目いっぱい走らせるのも、いいだろうぜ。とにかく速そうだから、明日の朝には大坂だ」

しきりに羨ましがるのは、人質のことばを知らないからではなく、江戸っ子の好奇心によるものである。

三十郎も答えた。

「挨拶して、旨い物をいただき、土産までもらって帰る人質なれば、おれも参りたい」

「それを人質とは、申しませんよ、紅さん」

呆れた國介だが、昼ほどに明るい黒船と御用船のやり取りが、難航しているらしいことに気づいた。

「通詞のことばが蘭語ゆえか、通じていないかもしれません」

「アメリカ国だそうだが、蘭語ではないのか、小山」

役人が自慢げに、ふたりの話へ口を挟んだ。

「わが浦賀には、蘭語はもちろん、エゲレスやロシアのことばを使える通詞もおります」

「ということは、こちらの要望が拒まれているのだろうか」

「要望、すなわち長崎出島への回航となるはずですが」

陽が落ちて暗くなった中、御用船から大きな黒船を見上げながら、必死に声を上げているらしいのがうかがえて、三十郎は唇をかんだ。

あまりの卑屈さに、侍の矜持が崩れ落ちてしまいそうになった。

海の上であれば、こちらとしてはなにもできない。行けたとして、なにができよう。

横で見つめる小山國介も同様だが、それよりも海上で相手にされずにいる中島という与力の無念さは、推して知るべしである。

が、長屋連中はちがっていた。

「大きな黒船に立ち向かおうってところは、小兵力士が大関と対するようだね、助さん」

「まったくだ。幸次郎さんの言うとおりだな。小よく大を制す。お侍も捨てたもんじゃねえ」

「よぉっ、日本一。ええっと、屋号はなんて言ったらいい？」

「浦賀屋か、それとも相州屋ってところかねぇ」

「当奉行所の与力は、中島さまだ」

先刻の小役人が、褒めたたえる町人へ口添えをした。

「なかじまさまの名は？」

「三郎助どのである」

「てぇと、サブちゃんになる」

「こら。奉行所与力をなんと心得る」

「お役人さま。そうは仰言いますけど、あっしらの大家さんは江戸南町の与力ですよ。わけあっての、遠山金四郎。ですから、金さんと呼んでます」

「南町とは、江戸の町与力さまか？」

周りにいた浦賀の役人が揃って片膝をついたことに、三十郎はおどろいた。

とはいうものの、喜んではいられない。案の定とは思わなかったが、御用船は黒船を離れ陸に引き返してきた。

「駄目だったようですね、紅さん」

「いかん。大関を前に、土俵を下がってはならぬのだが……」

三十郎は船着場へ走った。

目算のあったわけではないが、黒船を前に引き下がってはまずいとの思いからである。

「いよぉっ、江戸与力三十郎。待ってましたぁ」

芝居の大向うが掛けるのと同じ長屋の声が、三十郎の背を押した。

――なにゆえ、このおれが。

一瞬だが、考えた。それでも足は止まらなかった。

――吉原の廓で大店の主人と懇意になり、町人の考える異国との交わりを聞きだすのも、こうして黒船を前に敢闘いたすのも、同じだ。

船着場に来ると、奉行所の役人に制された。

「これっ、割り入ることまかりならぬ」

「江戸南町奉行所与力、紅三十郎と申す。町奉行池田播磨さまの命により、助言に参った」

石川五右衛門のような髷の三十郎だが、制していた手が引っ込んだ。

「紅どのとやら、いかなる助言を」

「――。御用船の与力、中島にのみ伝えるものなれば、今ここでは申せぬ」

咄嗟の出まかせだったが、御用船が戻ってくるまでには考えることができそうだと、いい加減である。

役人たちが騒がしさを見せたのは、そのとき。三十郎同様の邪魔者が登場したらしいと、気配で分かった。

「異国との対応は、幕臣に限られますぞ。佐久間どの」

「譜代大名は将軍の大旗本なれば、意見の一つや二つ上申してよいはず。ええい、通さぬか」

丘の上で三十郎たちの後方にいた佐久間という松代藩士が、窪んだ目をギラリと光らせ進み出てきた。

かなり過敏な神経の持ち主と思えるのは、少し伸びた無精髭をしきりと気にしながら口の周囲を指で撫でつづけていたからであり、併せて短気な気質も言い様で分かった。

「御用船の者へ、是非にも伝えねばならぬのだ。この国のため、引いては子々孫々のために」

走り下りてきたことに加え、憤りの強さで肩が上下していた。

三十郎と目が合い、睨みつけてきた。近づくと、長身である。

「そなたは、拙者のいたところに――」

「江戸南町与力、紅と申す」

「拙者、信州松代藩の佐久間象山。蘭学において右に出る者は、おらぬ」

言い切った。

なんとも不遜な威丈高ぶりは、呆れる以上に滑稽に思えた。が、気がふれたほどには思えなかったのは、目つきに揺れが見られなかったからである。

松代藩は海のない地であり、異国船の出没には無縁ではないか。にもかかわらず、蘭学の徒でいたのが不思議に思えた。

「ひとつ教えていただきたいのですが、佐久間どのは信州より駈けつけられたのか」

「長く江戸藩邸におる。つまらぬことを、訊くな」

役人など眼中にないとばかり、戻ってくる御用船を鷹のような目で見つめながらつぶやいた。

「まったくもって、情けない……」

「佐久間どのも、御用船が引いてしまったことを嘆かれますか」

「ん?　江戸の与力も、同じ考えか」

「あれでは、使いの小僧も同然。黒船によじ登ってでも、面と向かわねば――」

「左様ぞ。武士なれば死をも辞さず、国を守るべし」

「となると中島と申す浦賀与力に代わり、貴殿は御用船に乗られると」

言われて象山は、三十郎を頭のてっぺんをまじまじと見つめた。

「そなたは拙者同様、月代がない。異人は信用せぬであろうな……」

三十郎は、象山が黒船になんと言うか興味を抱いたものの、腰を折られた恰好になった。

——このおれなら、相手も侍なれば、一人で堂々と浦賀へ上がって参れだ。当方も侍ゆえ、国書を受け取った上で考慮致すと申して帰船させる……。

三

御用船が戻ってきた。誰もが思った黒船を仰ぎ見ていただけの与力は、眉間と目に憔悴を見せつつも、鬼と化していた。

「中島さま。大事ござりませぬか」

浅瀬に入って膝まで濡らした同心が、上役を気づかった。

それを見た中島は、自らも御用船から飛び降りて、船着場まで歩いてきた。

憔悴と思えた表情が、悲壮に代わっていた。

「三郎助、いかが致したっ」

役人らを押しのけて進み出たのは隠居とおぼしき侍だが、足腰は達者だった。

「あっ、父上」

「陸から見る限り、そなたは負け犬の遠吠えのようであったぞ」

「まったく聞く耳を持たずで、暖簾に腕押しでございました」

「左様なことで、わが中島家の名を汚すでないっ」

隠居は瘠せた手で、上がってきた与力の頬を張った。

父子のようだが、武家の厳しさを見せつけられた三十郎は、穴があったら入りたい心もちをおぼえた。

親にも兄にも、手を上げられたことはない。仁義忠孝の教えは習ったものの、実の親や兄から叱咤督励をされたことは一度もなかったのである。

紅三十郎は、微温湯の中にいたといえよう。

誰からであっても、殴られたくはない。しかし、火の中に飛び込むことさえ辞さぬことは、祖先の名を守るとの一点に尽きると知った。武士という身分のありようを教えられた。

「で、どう致すつもりなるや」

甲高い声を放ったのは佐久間象山で、与力の中島に般若の形相で毒づいた。

「黒船の長が申すには、当地における最高位の人物なれば、乗船までは認めるとのこと。しかし、お奉行の伊豆守さまが人質にされるわけには参らぬ」

「なんと腰抜けな」

放言をした象山に、居あわせた役人は胸を小突いて平手打ちを食らわせた。

三十郎が口を開いた。

「どうであろう。どなたかを身代わりというか奉行格に仕立て、今一度、黒船に対峙するのは」

「誰を――」

三郎助は言ったなり、羽織袴を着けていた役人に目を向けた。

「香山が、適任と思うが如何に」

名指しされた役人は三郎助と目を合わせると、帯に親指をねじ込んで大きくうなずいた。

「浦賀奉行は江戸に上府ゆえと申し、奉行格この香山栄左衛門が応対いたす」

もう成りきったぞと、色白の顔に赤味を差しつつ声を上げた。

「江戸の奉行所与力にも、役立つ者がおったな」

さんざん役人をこきおろしていた象山が、三十郎に一目を置いたようである。

嬉しくはあったが、奇天烈な学者侍の評価は、なんとなく常識を外れた側に組み込んだ。

とはいえ、三十郎は生まれてはじめて公の場で名乗り出られたことになるかと、潮の香を心地よく嗅ぐことができた。

中島三郎助と香山栄左衛門は、急いで御用船に乗り込み、ふたりとも袴の脇から手を差し入れ、下帯を締め直している。

「お侍もやっぱり褌を締め直すんですねぇ」

「弥吉。下帯と申せ、下帯と」

大勢の役人の中、場ちがいな町人のぞんざいなことばに、わずかでも緊張がほぐれた。

ふたたび御用船は、あわただしく黒船を目指して漕ぎ出した。漕ぎ手が二人から五人に増えていた。

左官見習の寅蔵は生まれてはじめて、それも夜の海の上に出た。

江戸の大川なら、猪牙舟や屋根舟に乗ったことがある。しかし、波を受ける揺れようは尋常ではなかった。

が、ふしぎと船酔いが起きないのは、御用船に乗る全員が緊張の中にあるからだろう。自分ひとり、だんだんと近づく黒船の威容を星あかりの下に面白く仰ぎ見ていた。

寅蔵は浦賀奉行所の、浦の文字が背に染まる半纏を羽織っている。

盗んだのではない。御用船に乗って戻ってきた男が腹をこわしたと厠へ行って、傍にいた寅蔵に手渡したのだ。

そこへ御用船がすぐに出ると決まり、寅蔵は同心らしい侍に肩を叩かれた。

「ぐずぐずせんで、早う乗れ」

否もなにも言う暇なく、船中の人となった。

「舫を外さんかっ」

船頭に怒鳴られた。

どうやって外すのかも分からないが、力いっぱい持ち上げたらハラリと取れて喜んだ。

漕ぎ出た御用船は、いきなり波をかぶった。

「うわっ。暗くてなにも見えねえ」

塩辛い水が、またもや寅蔵の顔にかかる。

「馬鹿野郎。てめぇの役目は、旗持ちだろうが」

また怒鳴られ、幟とはちがう四角い布を付けた竿を渡された。

布は白地に赤い大きな丸。なんだか分からないものの、浦賀奉行所の旗指物らしい。

両手で支えながら、幟と同じように持った。

波風に煽られて、手から離れそうになる。これを海に流しでもしたら打ち首だろうと、必死に堪えた。

はじめて左官の仕事場に行ったとき、壁に塗る土を山ほど盛って梯子を上った。

「塗り土を落としたら、お払い箱だ。肝に命じろ」

親方に言われたことばを、忘れはしない。そのときと同じだ。

板子一枚下は地獄。

立て掛けた梯子から落ちるより、怖い。泳いだことなど、一度もない寅蔵なのである。

――打ち首より、苦しいんだろうな。塩辛い水の中で、人間の漬物は……。

船は波を受けるたびに、大きく傾いだ。

寅蔵が船べりを掴むと旗が飛ばされそうになって、ふたたび両手で握りしめ、足を踏んばった。

――こりゃ、左官のほうがいいや。

思ったが、陸に引き返してくれるわけがない。御用船に乗る者は侍ばかりか小者(こもの)までが命懸けなのだと、今さらながら気づかされた。

二度三度と水をかぶって、四度目に褌(ふんどし)までビッショリ沁みたとき、黒船の巨体が眼前に迫ってきた。

よく分からないのだが、異国の灯(あか)りは明るかった。

木を嵌(は)めた船板ではない。釜、それより鉄瓶(てつびん)と同様の金物でできた船である。

――こんなものが、浮いて動くのか……。

信じられずに、目を瞠(みは)った。

「馬鹿っ。旗を掲げろ」

離さず立てていた旗を、上に掲げろと言う。

「へい」

停泊した御用船は揺れるだけで、風を受けないで済んだ。どうやら黒船が、風を遮(さえぎ)っているらしい。

見たこともない大きさの船が、いきなり轟音(ごうおん)を上げた。

ボォ～、ボオッ。

黒い煙が風に流れていった。

大砲ではないと胸をなでおろしたが、黒船が怒っているのだろうと寅蔵は首をすくめた。

「伝えてくれ。浦賀の筆頭職奉行の名代として、奉行格の者を伴って参ったと」

中島という与力が、通詞に言う。

通詞は声を張りながら、聞いたこともないことばを上に向かって放った。

しばらくの沈黙があって、縄梯子がスルスルと下りてきた。

知らないことばのやり取りがあり、通詞は与力に伝えた。

「わたくしと奉行格の香山さま、副使として中島さまの乗船が許されました」

「よしっ。参るぞ」

唇を引き締め、中島は香山に力強くうなずいて見せた。

縄梯子に手を掛けた三人が、寅蔵を見つめている。

「…………」

寅蔵はなぜ見つめてくるのだろうと、ポカンと口を開けたままでいたところ、怖い目で叱られた。

「なにをしておるっ。与力さま方は、梯子を押えておられるのだ。旗持ちなれば、先頭であろう」

「あたしが、先頭？」

分からない。役人でも侍でもない小者が、イの一番に異国船に乗り込むのだという。

乗り込んだとたんズドンと一発の鉄砲を食らい、旗持ちが殺されるのを見て、役人は引き返すのではないか。

それとも人質となって遠い異国に連れ去られるとなれば、牛馬のように働かされるのかもしれない。

「早うせんかっ」

急かれ、縄梯子を上った。

幸いにも、左官仕事でも縄梯子を使うときがある。命じられるまま、寅蔵は旗を掲げながら覚悟の思いで船べりに辿り着いた。

髭づらの異人が、笑いながら引き上げてくれた。

「△×、□×△、○○」

なんと言っているのか分からないと首を傾げると、身ぶり手ぶりで縄梯子を使うのが上手いというらしいのが分かった。

色のやけに白い男たちが、取り囲んできた。

寅蔵の着ている物や、帯に草鞋（わらじ）まで興味ぶかげに見て、触ってもいいかと身ぶりで言うのも分かった。

「安物だよ。それに、洗ってねえぜ」

言ってはみたが通じていないだろうと笑い返していると、越中褌を引っぱられた。

「あ、あっ」

止（や）めてくれと腰を引いたが、難なく取られてしまった。

おまけに異人はニコニコしながら、褌を旗のようにふりはじめたのである。

蔑（さげす）まれたのではない。仲良くしようとしているのではと思えた。

「異人さんは、好（い）い人です」

お蝶の口癖が、甦（よみがえ）った。

与力ふたりがようやく上がってきたが、縄の梯子に苦労したようだ。通詞もつづいた。

ヒラヒラと風になびいているのが越中褌と気づいた中島と香山が、目を剝（む）いたのは無理もなかろう。

とはいえ奉行所の小者は、ちゃんと日の丸の旗を掲げている。ならば細長く白い布は黒船の船印かと見れば、まぎれもなく褌なのだ。

なんという真似をした。異人を小馬鹿にしているのではなかろうなとの危惧が、三郎助のことばになった。

「越中を外したのか」

「いえ。取られちまいましたわけでして」

「分かったゆえ、そこに控えおれ。下船致すまで動くでないぞ」

寅蔵は旗を立て、門番のごとく立つことにした。

黒船は大きいので、ほとんど揺れなかった。それ以上に、褌なしのふるチン、は夏の海風の中で、息を吹き返すほど気持ちよかった。

大柄で眉(まゆ)の濃い鼻の大きな男が堂々と、与力ふたりに会釈している。

身なりから察するに船長(ふなおさ)らしく、褌をふっていた男たちが畏(かしこ)まった。

それにしても、黒船の上は明るい。

通詞を中に、異人と話しをはじめている。突っ立っている寅蔵のところには、なにも聞こえなかった。しかし、表情は読み取れた。

困り顔の香山、眉を寄せて言い返す中島、通詞は汗びっしょりだ。

一方の異人はと見ると、腕を組み無言。と思えば両手を上に開げ、首を横にしたりする。

上手く行っていなさそうなのは、寅蔵にも分かった。

それでも船長の横で鉄砲を構えていた異人たちが、少しずつ顔を和らげて構えを止めたのが見えて安堵した。

——打ち首もなく、海に突き落とされることもなさそうだ。いや、陸に戻ったら奉行所の半纏を盗んだと、おれは牢に押し込まれて獄門かも……。

奉行所の役人に混じって、大事な話を聞いた町人とされたなら、拷問が待っているのではないか。

寅蔵は震えた。そばに立つ異人と目が合った。笑っている。そして、やさしくうなずいてくれた。

——そうだ。このまま黒船に居すわり、異国へ行こう。

小娘が言ったとおり、異人は好い人なのだ。取って食われることも、牢屋にぶち込まれもされないにちがいない。

「あるとするなら、見世物小屋に売られるかな……」

独りごちた。

ことの発端は、長屋の船見だった。

「異人ってぇのを見よう。駱駝より面白ぇぞ」

が、来たものの顔までは見られないでいた。それが今、こうして触れられもしたのである。

確かにちがうのが分かった。

図体はでかいし、鼻も大きい。色白だが、しっとりした潤いに欠ける。髪は結っていない、着ている物は窮屈そうだ。

――これと同じことを、異人はおれに感じているにちがいねえ。

異国の見世物小屋で、寅蔵は芸人にされる。

「はい、寄ってらっしゃい、見てらっしゃい。遠い異国の人間だよ。ご覧のように梯子をスルスルよじ登り、手にした土で壁を塗る。さぁ寅ちゃんや、お客さんへ見せな、笑いな、挨拶なさい……」

褌一丁で壁塗りを日に五回、同じことの繰り返しでも生きて行けるのではないか。

――女房も子もいなくてよかった。親や兄弟は納得して、諦めてくれるだろう。

寅蔵の腹は、決まった。

となると、夢見がちとなって異国を想像した。

——異人女はどんなだ。廓や岡場所があっても、安くあがらないと困る。見世物の異人に、女房が持てるだろうか……。

やはり、人肌が恋しかった。ことばや食べ物より、側にいてくれる者がいるのだ。

考えだすと、辛くなってきた。

両国の見世物小屋に連れてこられた駱駝だって、雌雄の番だった。夫婦相和す獣とされ、絵入りの御札にまでなったではないか。

「ひとりは、辛いや」

寅蔵がつぶやいたとき、与力ふたりと通詞が一礼したのが目に入った。なんだか知らないが、ひとまず終わったようである。

「旗持ち。戻るぞ」

通詞が声を掛けてきたので、思わずうなずいてしまった。

役人たちの顔には笑っていないものの、苦渋が消えていた。分からないが、失敗したのではないと思えた。

入牢とされても打ち首獄門はなかろうと、寅蔵は船べりの縄梯子に取りついた。帰りも旗指物が先らしく、寅蔵は旗を片手に下りていった。

ハラリと、寅蔵の顔に白い物が掛かった。奪われた褌である。上を見ると、異人が笑っていた。

返された褌を懐に、寅蔵は御用船に下り立った。

与力ふたりも通詞も縄梯子は苦手らしく、腕をからませながら下りてきた。

通詞が下りると、縄梯子はすぐに巻き上げられた。

見上げた黒船の船べりに、大勢の異人が覗き込んでいた。なぜか全員、寅蔵を見ているような気がしてならなかった。

四

御用船が浜に戻ってきたその中に、寅蔵がいるのを見て三十郎は目を剝いた。それも浦賀奉行所の印半纏を着ているのだ。

「寅、なにゆえに乗った。いなくなったので、心配していたのだぞ」

「すいません。よく分からねえ内に乗せられて、旗を持たされましたです」

「紅さまの、小者でございましたか」

浦賀の同心が、とんだ失態をと頭を下げてきた。が、三十郎は平静を装った。

「いや、なに、これも手筈どおりのこと……」

江戸の与力が仕掛けたのかと、御用船の中島はなにも言わないで下船した。その足で奉行所に入り、三十郎たちは取り残された。

「見たんでしょ？　寅ちゃん、異人さんを」

おくみが興味ぶかそうに、寅蔵の顔をうかがうと、おまちが言い添えた。

「鬼じゃなくて、仏さまだった？」

「えへへ。見世物に出向いたつもりが、こっちが見世物になったよ」

「お銭もらったの？」

「止せやい、大道の芸人じゃあるまいし。褌を、外されちまったんだ」

「やだぁ、大きさを測られたの」

「長屋の女房は、これだ。すぐにあれと結びつけやがる。どんなものを穿いてるかと」

「笑われた？」

「旗だと思ったらしく、振ってたぜ。でも、返してくれた。土産にあげりゃよかったかな」

寅蔵は女たちの前で、着け直した。

船着場にいた者は、誰ひとり露出しながら褌を着ける寅蔵を咎めなかった。役人はみな、奉行所での報告を聞きに行っていたからである。

佐久間象山も、出向いたようだった。

三十郎は陸に上げられた船の横に、長屋連中をあつめた。

「さぁ、話を聞こうではないか。寅蔵、見たこと聞いたこと洗いざらいしゃべってくれ」

「聞いたことって言われても、向こうさんのことばは分からない。浦賀の役人たちは、おれを遠ざけていたもの。でも、とにかくでっかい船で、鉄瓶みたいな金物で出来ていた」

「沈むんじゃないの？　鉄だと」

「おくみ。重たいものでも、水には浮くぞ。丼に飯を山盛っても、甕の中で浮くであろうが」

「でも、鉄と瀬戸物じゃ重さがちがいますよ」

「浮くのだよ、とにかく。で、寅蔵はなにを見ておった」

「まずはね、先陣を切って縄梯子を上れと命じられた」

「――。おまえが、なにゆえに」

「旗指物を掲げるのが、決まりだって」

「…………」

三十郎は戦陣を思った。確かに旗指物は足軽が背負い、自軍である証とされている。異国もまた、旗こそが自国との証左だったのだ。

「となると、寅公が黒船の異人と最初に向き合ったことになる。どんなだった？」

幸次郎が目を光らせると、女房おやえが膝を乗り出してきた。

「聞いたところじゃ、大きな鼻と髭もじゃだって、ほんと？」

「大きいのは図体、相撲取りほどのがいたね。なるほど鼻は大きく、色白だった」

「好い人だったでしょ」

お蝶のひと言に、寅蔵はうなずいた。

「怖いどころか、面白い奴もいる。おれの褌をヒラヒラ……」

寅蔵は笑いにしながら、鬼なんかではないと、お蝶の口癖を証してみせた。

もちろん黒船と浦賀奉行格とのあいだに、どんな取り決めがなされたかまでは知るよしもない。

しかし、異国の乗員たちが町人と大差ないと分かり、三十郎は攘夷の考えはちがうのではと思い、沖に碇を下ろす黒船を見やった。

浦賀奉行所に入っていた小山國介が、三十郎を手招きしてきた。

にせの奉行格と黒船の交渉結果を、話してくれそうだと分かったのは、同心の顔に申しわけなさがなかったからである。

「来たる六月九日を期し、当地より南の久里浜（くりはま）にてアメリカ国書を受けるとの約束が交されました」

「国書の言いなりに」

「いえ。なにが書かれてあっても、受け取るだけ。回答は江戸の将軍が、とするそうです」

「御用船の与力は、国書の中味を知っているのか？」

「おそらくとのことでしたが、交易をするために湊（みなと）を開け、ということだろうとの話でした」

「断わったら？」

「………」

その答は三十郎も國介も想像できた。大砲（おおづつ）合戦である。が、残念なことに、当方の砲門の数は、黒船一艘分にも劣っていた。

「いよいよ開港せざるを得なくなるのかな、幕府祖法を引っくり返して」

「攘夷と騒いでいる連中が、黙っておらんでしょう」

「しかし、負け戦さを仕掛けては、酷い目を見る」

「神風が吹くのだそうです。この国には」

「吹いてくれても、二度三度とはつづくまい」

夜空には満天の星、沖には数えきれないほど幾つもの灯りをともす黒船。が、風はなかった。


奉行所の門番小屋が、三十郎たちの寝床とされた。

思いのほか広く、木組みも新しかった。

「ここ数年で黒船が十日にあけず顔を出すもんで、番士の方々も泊まれるように建てただよ」

「アメリカの船ばかりか」

「んにゃ。いろいろだって話だ。国もちがえば、軍船でなく鯨獲りだったりもするらしい。わしらには分からねえけど」

古株の門番がしゃべってくれた。が、囲炉裏の中心は寅蔵だった。

「そんなに大きい男がおるか、相撲取りほどの」

「瘠せたのもいたが、総じて六尺ほど上背はあった。それよりも船のでかいのなんの……」

寅蔵の話は、語るごとに大きくなっていた。

一緒にいる長屋連中までが、尾鰭をつけるのであれば、酒盛りとなるのは当然だった。

三十郎は外に出た。お蝶も随いて来た。

「酒呑みがうるさくて、嫌か」

「お座敷に御酒は、付きものです。そうではなくて、父上がいるのではないかと」

「――――」

すっかり忘れていた三十郎だった。しかしお蝶にしてみれば、野村泉八郎が浦賀に出没との噂に絡め取られていたようだ。

「黒船を見ずに、ずっと後ろを向いてました。でも、いませんでした」

「いや。来ないはずはないだろう。浦賀の同心であったのだから、土地には詳しいはず。きっとおまえを見つけ、ひと安心した。が、泉八郎は娘を気づかって、出ては参らぬ」

「逢ってはいけないのですね」

「辛(つら)かろうが、今はな」

「死んだら、逢えますか」

「怖いことを申すな。どちらかが死んで亡霊となり、逢いにくるとでも」

「それもですけど、父上もわたしも死んで、あの世で」

「――。自ら死んでは、逢うことも叶わぬぞ。精いっぱい生きた者だけが、極楽浄土に行くことができる」

舌がもつれそうになった三十郎だったが、なんとか生臭坊主ほどの説教を口にできた。

冥界がどんなところか知りようもない上に、教えられもしなかった。六歳の子に問われ、はじめて彼岸とか来世を考えさせられたのである。

「今日は疲れたはず。番小屋へ戻って寝るがよい。明日はいい日にと、祈れ」

やさぐれ与力が口にする台詞(せりふ)ではないと、三十郎は首の後ろを掻いた。

闇の浜に、人の気配をおぼえた。

お蝶の父かと思ったが、三十郎は見られている気がした。尾(つ)けられてはいないものの、視線はつづいた。

松林に、人影が見えた。

「どなたかな」

「戻って参ると思い、おぬしを目で追っていた」

「その声は、佐久間どの」

「うむ。江戸の与力がなにを考えておるか知りたくてな」

「町方の考えなど、江戸城の方々は歯牙にも掛けぬ。聞いたところで、役には立つまい」

「かもしれぬ。しかれども、六十余州の日いずる処の国を守らねばとする同志は、一人でも増やしたい」

「守ると申されるのは」

「一にも二にも砲門を増やし、夷狄を打ち払わねばならぬ」

「戦えば、神風が吹くと――」

「それはなかろうが、今のままでは民百姓までが蹂躙される」

「愚かにすぎます」

横あいから、低く激しい声が飛んできた。

「なに者である」

「野村と申す浪人にござる」

三十郎は、お蝶の父親が来ていたことにおどろきつつ喜んだ。

四　異人、上陸す

一

「おぬしか、国を明け渡そうとの考えを広めんとして、罷免されたのは」

象山は逃亡した罪人を見つけたような目を、突如あらわれた男に光らせた。

「されど、今までどおり異国船を拒みつづけたなら、江戸城ばかりか市中百万の人々は砲火にさらされます」

泉八郎は怯まずに、言い返した。

「……。確かに、当方の砲門は少なすぎる。一艘の黒船の半分にも満たぬ。それゆえ数年のあいだ時を稼ぎ、江戸周辺に台場を設え砲台を増やすべきと上申しておる」

左様なことは百も承知と、象山はあごを上げた。

「その数年を、異人らは待ってくれるでしょうか」

「待たせるのが、政りごとを司る役人の務めぞ」

「できると、お考えですか？」

鋭い切り返しをされ、象山は夜空を仰いでしまった。

江戸城に腰を据えて評定ばかりのお偉方には、浦賀の眼前に威容を誇る黒船を絵師がどれほど精細に描いても、怖さまで伝わるはずはなかろう。

三十郎にも、そのくらいのことは分かった。

わずかなやり取りだが、野村泉八郎のほうに分があるようだ。

象山は薄い唇を上に尖らせ、夜空に唾を吐きそうな口つきをした。

まさか天に唾するつもりではなかろうが、この俺が論に負けるわけはないと言いたそうな顔である。

星は数えきれぬほど多く、その一つずつが黒船の放つ砲弾に思えたにちがいあるまい。象山が小さく身ぶるいをしたのを、三十郎は見逃さなかった。

無言がつづく。

風もない中で、波音だけが間断なく聞こえていた。

――あっ。

三十郎は声を上げそうになり、手をあてて息を呑んだ。

象山と対峙している野村泉八郎は、自分の横にいるお蝶の実父ではないか。

にもかかわらず、父も娘も名乗らない上に目も合わせない。懐しいと手を取り合うどころか、それとない目配せさえもしなかった。

これが武家本来の姿であり、親子より主従が勝ることの証と思え、三十郎は畏怖をおぼえた。

長屋の大家となって以来、忘れていた武士の道である。

もとより堅物の三十郎であるものの、親子それも幼い娘と実の父ではないかと思いもしたが、今は象山と泉八郎の対立を納めたかった。

「ご両人とも、どちらが正しいではなく、今このときの次善の策を考え出すべきではござらぬか」

「ふふっ。江戸町与力も、まっとうなことを申す。確かに、机上での論にほかならず」

大人を見せた象山に、泉八郎が言い募った。

「佐久間どの。わたしが申しておるのは、机上の空論ではござらぬ。なぜなら異人もまた、われらと同じ人なりとの考えゆえ――」

「なにをもって、左様な戯言を申す」

「拙者、この浦賀同心を拝命して以来、土地の漁師らと肝胆相照らす仲となり、沖にて黒船とやり取りをした様子を聞き出しております」

「漁師ごときの言を、信じるか」

「信じること、愚かと申されますか」

「身すぎ世すぎの、それも海上の運次第の魚獲りなんぞ、博打うちと変わらぬ」

象山のひと言を聞き、抗ったのは泉八郎ではなく、三十郎だった。

「佐久間どのは信州松代藩士と聞くが、俸禄米をつくるのは百姓。その米を口にするのを、憚られてはおられまい。しかれど、生魚は博打者の獲りし物ゆえ食せぬと。もっとも信州には、海がないのでしたな」

「馬鹿な理屈を申す……」

窪んだ眼光に怒りを湛えて、象山は呆れてみせた。

「ちがいましたか。信州という山中では、魚とは干物を指すとばかり――」

「愚弄いたすか、町方役人っ」

怒ると声が高くなるようである。

しかし、三十郎の江戸っ子ふうの軽口は、野村泉八郎の口元をほころばせた。

同時に、男親の目で娘をチラリと見つめてきた。

三十郎は進み出て、象山にやわらかく話し掛けた。

「先刻、奉行所の御用船が黒船に乗り込んだ。その中に旗持ちとして、拙者が抱えし小者を紛れ込ませた。その男が申すには、異人は鬼にあらずと申しております」

「はじめは異人の足軽も、友好な態度を見せよう。しかし、いざ戦さとなったれば、見境いなく砲門を開き弾丸のなくなるまで撃ちつづける。関ヶ原でも、故郷にあれば善なる百姓であっても、怯えを感じたなら鬼となった。人もまた、窮鼠かえって猫を嚙むは道理ぞ」

「足軽に限りません。大名旗本であっても、同じです。とするなら、戦さの場をつくらぬようにすべきではありませんか」

泉八郎の理に、三十郎は大いなる賛同をしたくなった。

人が変わるのは置かれた場によることを、なにより長屋の大家となった自身が知っていたからである。

店子の寅蔵を御用船に乗せたのは三十郎ではなかったが、ひと役を買ったことになった。

おどろいたことに、象山は背を向けて立ち去った。名うての蘭学者が、考えを改めるだろうかと見送っていると、実の父娘が手をつないでいた。

微笑ましいと言いたいが、ふたり揃って固い表情のまま月を映す黒い海を黙って見つめるだけなのが見えた。

なるほど、親と子に武家も町人もないのだろうが、気持ちを顔に出さないところはちがっていた。

良い悪いではなく、どちらも親と子に変わりはない。

――死んだら逢えるより、このほうが嬉しかろう。お蝶。

三十郎の胸の内が通じたのか、小娘は見返してきた。

八丁堀にはもう一年余も見ていない娘と伜がいることを思い出し、三十郎は戸惑った。

目の前に逢いたがっていた親子が、久しぶりの再会が叶っていた。ところが、紅家の親子は逢いたいとも思っていない。

御家人株を売ってまで下野した泉八郎と、裏長屋の大家となって江戸市中に紛れるだけの三十郎。

その差は、歴然だ。

命を賭けているかいないか、これに尽きた。

夏の夜とはいえ、陽が昇るにはまだ間がある。

野村泉八郎お蝶の父娘を残し、長屋の店子が寝る番小屋へ向かおうとした。

気配。

波音しか聞こえない浦賀の浜に、奇妙な兆しが三十郎の五感をゆすった。

立ち止まらずに歩みを横に移した三十郎は、星あかりの下で目を凝らし、耳をそばだてた。

忘れるところだった。開港を主張する泉八郎を狙う者たちがいることを。

風よけの松林がある辺り、動く人影を見た。停泊する黒船を見張る番士と思わなかったのは、体が不自然に動いたからにほかならない。

三十郎はそれとなく足を松林に向け、腰の物に手を載せた。

浅草の長屋を出て以来、三十郎は忠臣蔵の斧定九郎を擬した姿である。

浪人となれば、長脇差のみ。芝居の小道具竹光ではないが、使い馴れた太刀とは異なった。

とりわけ、握る柄の拵えが雑なので、二度三度と握ってみた。

少し細い、柄巻も荒く、手にしっくりしなかった。

——相手が大勢なら、刀負(かたな ま)けをするか……。

泉八郎の腕前がどれほどか、聞いておけばよかったが後の祭りである。

——なんであれ、お蝶を助けるのが第一だ。

娘を思う男親はもちろんだが、〆香(しめか)から託された三十郎もまた同じ心持ちでいた。

松林まで、半丁(はんちょう)。

芝居の中での斧定九郎は、敢(あ)えなく鉄砲の餌食(えじき)となった。

攘夷(じょうい)の連中が飛び道具を手にしていないとは言いきれないとすれば、先に仕掛けるほかない。

三十郎は横走りで、松林へ向かった。鞘(さや)を払い、右斜め下に抜身(ぬきみ)を躍らせながら駈けた。

夜目にも、三十郎の刀身が光るのは見えたろう。

敵が気づいた。

バラバラと左右に二人ずつ、三十郎を目指して近づいてきた。

抜刀した四人だが、攻めてこられると考えてもいなかったからか、ちぐはぐを見せた。

野村泉八郎ではなく、見知らぬ浪人者が牙を剝いて来たので、少なからぬ動揺があったのだ。

砂に足を取られた者を見て、三十郎の長脇差は真っすぐに突いていった。

ザクッ。

お世辞にも切れ味が良いとは言い難い刃物は、音を立てて敵の喉笛を刺し貫いた。

嬉しいことに、三十郎は草鞋を履いている。一方の攘夷どもは、草履なのだ。

喉を突いた長脇差は、信じられない代物だった。刃こぼれをしたため、三十郎は仰けに倒れた者の太刀を左手で盗り、大太刀二本を扇型に開いた。

宮本武蔵の二刀流である。

「てやぁっ」

奇声を上げながら長身の男が上段から一気に振りおろしてくるのを見て、三十郎は横へ滑った。

上段からのひと太刀が、砂地を打つ。

そこへ右手で握る長脇差を、打ち下ろした。

ボキッ。

嫌な音は長脇差が、へし折れたのだ。

それでも敵の利き腕は、あらぬ方に曲がっていた。

一瞬にして二名を倒された敵は、駈けつけた泉八郎の姿を見て、踵(きびす)を返して行った。

「紅さまとやら、大事ございませぬか」

「なんともないが、この者らに見憶えは」

問われた泉八郎が倒れている二人を見込むと、腕を折られた長身の浪人は左腕を懐(ふところ)に差し入れた。

パンッ。

「――――」

短砲(たんづつ)で自裁したと分かったのは、キナ臭さが漂ったからである。

その音で奉行所の警固方(けごかた)が駈けつけてきた。三十郎はすぐさま短砲を奪い取った。

警固方の中に、小山國介(こやまくにすけ)もいた。

「いかがされてか、紅さま」

「拙者を無頼の徒と見て、襲って参ったようである。危ういところを、仕止められた」

三十郎は短砲を懐に仕舞い、なにくわぬ顔を作った。

「小山。拙者に大小を、見繕ってくれぬか。長脇差ではどうも……」

これを見てくれと、折れた長脇差を掲げた。

「当地の奉行所なれば、それなりの拵えをもつのがあるはずです。頼んでみましょう」

触ったこともない短砲と、新しい大小。戦利品というものに、三十郎は素直に喜んだ。

見上げると月が西へ傾き、遠い東の空の下が薄っすらと明るんでいた。

浦賀の長い夜は、大騒ぎの一日を終えたのである。


「まだ居やがる」

寅蔵のひと言で、番小屋に寝ていた全員が目を覚ました。

黒船は四艘とも碇を下ろしたまま、微動だにしていなかった。

浦賀の役人の中には、知らぬ内に失せてくれたらと願った者も多かったにちがいあるまい。

「久里浜へは、向かえないのですかね」

國介は国書授受の場所が分からないのではと、三十郎に話し掛けた。

「アメリカさんは、お客気分なのだろう。そちらの言うことを聞いたのだから、案内いたせってことさ」

「図々しいにも、ほどがある」

「さて、厚かましいのはどっちかな。あっちは砲弾を一発も撃ち込まず、話し合いに持ち込んだのだ。ところが、こっちは日数稼ぎをした上に、江戸から少しでも遠くでと場所まで指定したのだろう」

「やけに詳しいですねぇ。それに、黒船のほうの肩を持つようなことを。同心を辞めた野村さんに、感化されましたか」

「感化とは、嫌なことばだ」

言ったものの、三十郎は言い返そうと思わなかった。

「野村さんも、久里浜へ向かうでしょうか」

「まちがいあるまい。おそらくだが、密かに黒船へ乗り込むつもりではないか。こればかりは、押し止めたい」

「見つかれば入牢、乗り込んで帰っても死罪となります」

「すべて分かった上で、密航をするつもりであろう。おれは、残されるお蝶が不憫に思えてならんのだ」

三十郎のことばに、國介は顔を覗き込んできた。

「死罪ゆえではなくて、親子の情ゆえですか」

「うむ。あの父娘を見ていると、家とは別の情という血のつながりを感じてしまってな……」

上手く言えないもどかしさに唇を歪めた三十郎と同様、國介も口をつぐんでいる。

「ひやぁ、いい天気だこと。洗い物には嬉しいけど、旅先じゃね」

おまちが井戸端で水を汲んでいるところに、おくみが小娘お蝶を伴って出てきた。

野村泉八郎は、お蝶を三十郎に預け返していたのである。それを見て、大家さんよりあたしのほうがと、おくみが一緒に寝てくれたのだった。

「それにしてもここ、勾配がないから寝心地がいいわ」

「おくみ。この際ここに居すわり、夫婦揃って暮らしてみてはどうだ」

「駕籠舁の亭主ですからね、相方が必要です」

「誰であろうと、相棒なんぞすぐに見つかる」

「駄目ですよ、調子を合わせられるまでが難しいんだから」

お蝶が顔を洗っていた。その袂を持ってやるおまちが、女親の顔をしているのが微笑ましかった。

「情は、血でもないようだ」

「なんの話ですかしら、大家さん」

問われて、三十郎は笑って誤魔かした。

久里浜でのアメリカ応接は、明後日の九日正午と決まった。

あれほど大勢いた浦賀の警固陣は、夜明け前に久里浜へ移ったという。

浦賀奉行所周辺は、閑古鳥が鳴いていた。

「ここ浦賀から久里浜って、遠いの？」

女房おくみが訊くと、亭主の助十は女こどもの足でも二た刻とかからないはずだと答えた。

「なのに、みんな出払っちまったじゃないのさ」

「接見を致すための仕度に、かなり手間を要するのだ」

國介が答えると、おくみが首を傾げた。

「着物、洗うわけだわね。ちゃんと挨拶するのだから、汚れてちゃ申しわけないもの」

なんだと、國介は目で問い掛けた。

「石鹸でしょ？　この前うちの亭主がもらってきたもの、シャボン」

「――。接見とは、身分ある者が応対すなわち、もてなすことだ」

「じゃあ汚れたままでも、いいの？」

「紅さん。裏長屋とは、こういう町人ばかりなんですか？　わけの分からないことを言う」

「左様。紅梅長屋に限らず、江戸のことば遊びだよ」

三十郎が答えると、おくみはペロリと舌を出した。

江戸南町奉行所の三十郎と國介であっても、国書授受の場に同席することはできず、遠見の視察しか許されなかった。

出発は明後日の朝、それまでは浦賀奉行所にというわけである。

長屋の店子連中の、喜んだのなんの。

「朝から湊で獲れたばかりの魚で、お刺身ざんまい。それも、ただ」

おまちが声を上げると、國介が渋い顔をした。

「江戸の南町に、ツケが廻るのだ。心して食べろ」

「はいはい。上げ膳、据え膳、達磨さんの褌だわね」

「達磨の褌と申すなら、断食をせい」

「男児禁ですって、お蝶さんは女児ですから大丈夫だわ。いただきましょう」

「…………」

町方同心が、長屋の女房に敵うはずなどなかった。

二

朝めしが長屋連中を満足させたのを切っ掛けにしたのであれば、好奇心がいや増したのは言うまでもない。

「お茶碗を洗ったら、することなくなっちゃった。雑巾がけでも、しましょうかしらね」

浦賀に残った役人へ、聞こえよがしの台詞を吐くと、長屋の女房たちは働きだした。といっても、見るもの聞くもの、珍しいことばかりとなった。

「まぁ立派な硯箱だこと、本漆に金蒔絵じゃないの」

言いながら、蓋を取ると中に小判が一枚。

「みんなぁ。賄賂の一両があったわ、硯箱の中」

「役人ですもの、当たり前よ」

「こらっ。勝手な真似をするでないぞ」

留守役の与力が、出てきた小判を懐に入れながら怖い顔をした。

「丸顔で四十がらみ、与力さまとおぼしき仙台平もどきの袴のお役人さまが一両預りと書いておきます」

「え、えっ……。それより仙台平もどきとはなんだ、もどきとは」

「残念ですが、お袴は本物ではございませんです」

「本場の仙台平と、呉服屋は申しておった」

「この辺りの呉服屋さんは、担ぎの呉服商ですよね。騙されたんです。ピラピラですもの」

袴を指で擦りながら、笑ってみせた。

「――――」

「蒔絵の硯箱がどなたのかは存じませんけど、勘定方のどなたかが袖の下に一両いただいて、浦賀御用達の札を下げ渡したってところでしょ」

「祐筆役の野郎、そんな真似を……」

浦賀の与力にとって、黒船の到来より贋の仙台平をつかまされたことのほうが重大なようだった。

ことほど左様に天下泰平は、六十余州の箍を弛めてしまっていたようである。

お蝶が膝を抱えたまま外で海を眺めている。

「いかがした。父が早々に久里浜へ向かったのが、淋しいか」

三十郎が声を掛けると、黙って首をふった。

「怖いと思いました。父上が異国に門戸開くことばかり考えていることに……」

「一途すぎるかもしれぬが、それはわが子の先行きを思ってであろう」

「先行きがどうなっても、一緒に暮らしたい」

ぼそっと言った小娘の目が、濡れていた。

女の涙、それも六歳でしかない女のとなると、三十郎にはどうすることもできなかった。

これだから野暮な侍はと、長屋の女房たちに咎められるだろう。そのくらいならいいが、泣きつづけられたらどうすればよいのだ。

自分が泣きそうになった三十郎である。その目の先にあった黒船が、ゆっくりと動きはじめた。

「おっ、黒船が出て行く」

言ってはみたものの、お蝶はそれがどうしたとの顔を返してきた。久里浜へ向かうのは、決まった約束となっているはずではないかと。

長屋連中も外に出てくると、芝居小屋の大向う並の掛け声となった。

「いよっ。三国一、大棟梁っ」

「アメリカ屋ぁ」

浦賀の漁師たちもやって来て、何枚もの帆を上げて進む黒船を、ようやく堂々と見物することができたのか、興味深げに眺めていた。

昨日までは、目にしてはならぬと禁じられていたのである。

「なんとまぁ大きな……」

「漕ぎ手が、一人もおらん」

「大したもんじゃや。伴天連の妖術とは、あれのことだ」

ここでも江戸っ子同様に、怖れを抱くことばも素振りも一つとして聞こえなかった。

お蝶は膝に顔を埋めたきり、動かずにいた。

――知っているのか、それとも感づいているのか。泉八郎が黒船に乗り込んで、異国へ失せてしまうのを……。

言ってやりたかったのは、この三十郎がなんとしてでも密航を止めさせてやるのひと言である。

そして泉八郎には、せめて娘が十二となるまで一緒に暮らしてやれと言うつもりだった。

が、自分は泉八郎を見つけられるとは考えられないでいた。昨日もそうだったが、泉八郎が出てくるまで分からなかったのだ。

久里浜でも、同じだろう。警固の者たち大勢が取り巻く中で、どうやって探せというのだ。

あるいは泉八郎は、すでに黒船の中にいるとも思えてきた。

黒船が堂々としながら失せてゆく中、見物していた地元の者たちが、ざわつきはじめた。

なんだろうと三十郎がふり返るより先に、お蝶は顔を上げて立ち上がった。

「お母さん」

放ったことばの先にいたのは、〆香。

浦賀を去ってゆく黒船を見に来た連中がざわついた理由（わけ）は、江都一（こうといち）の年増（としま）芸者があらわれたからだった。

なんとも言いようのない香りと異なる色が、相州（そうしゅう）の漁村に場ちがいな華やぎをもたらせ、辺りを包み込んだのである。

漁師の女房さえも不快にさせない江戸芸者の気っ風は、あでやかな着物の左褄（ひだりつま）を取る姿ばかりか、立居ふるまいにもあらわれていた。

「ようやく逢えたわね」

「お船に乗って来たの？」

「いいえ。品川沖で帰されたわよ、お役人に。でも、見たいじゃないの近くで。街道駕籠（かご）を乗り継いで、小柴浦（こしばうら）。もう船はいなくなったと言われ、昨日ようやく浦賀の山の上から拝むことができた。捜したわ――」

「誰を」

「あんたに、決まってるでしょ」

〆香が一瞬、目を泳がせるのを見た。

――お蝶ではない者を、捜していたのか……。

三十郎は邪推したものの、気を取り直して話に加わった。

「われらは揃って、明後日に久里浜へ異人見物を致す。〆香姐さんも、一緒にいかがであろう」

「よろしいのですか、こんな恰好でも」

「女の着物など、どこぞで借りればよい。浪人夫婦ということで」

「髪は島田髷のまま？」

「だったら洗い髪を、後ろに束ねてはどう？」

お蝶のひと言は、なにより三十郎に笑みをもたらせた。

「江戸では浪人さんは芸者女房に稼がし、娘と黒船見物と洒落込んでおったべぇか」

「いうところの、髪結の亭主だの。結構なご身分じゃ」

土地の男たちが囁く話なんぞに、腹を立てなくなった三十郎である。

——妻女に食わせてもらって、なにが悪い。悔しいなら、やってみな。

胸の内で毒づいた。

四艘の黒船は岬の陰に隠れ、見えなくなった。しかし、浦賀の男どもは、江戸の芸者に観音菩薩を仰ぎ見るほどの目を向けつづけていた。

「帰るよ、お前さん」

女房が亭主の耳を引っぱるように促すと、漁師たち男は後ろ髪を引かれるごとく浜をあとにしていった。


六月九日の朝まで、三十郎は〆香と同じ蚊帳（かや）に入ることさえできなかった。

昨日など夜這いの三文字を頭によぎらせたものの、お蝶と〆香の寝床までのあいだには、紅梅長屋の店子たちが二重三重の砦（とりで）を築いていたのである。

三十郎なりの申し開きは、作り上げていた。

「やっ、これはいかがしたこと。疲れが重なり、寝呆（ねぼ）けたか……」

蚊帳へ入ったところを、咎（とが）められたときの台詞だった。

さらに次の台詞は、こうである。

「相州浦賀の地では、夜這いとやらをせぬのは男の恥、女（お）なごの顔が立たぬとされておる……」

まんまと忍び入って、〆香に目を覚まされたときだった。

他にも、お蝶が気づいて声を上げたら、長屋の女房が自分を襲いに来たと勘ちがいした場合など、幾つもの台詞を諳んじるまで稽古したが、まったくの無駄となった。

寝不足が三十郎を苛んでいた。

「大家さん、九日の朝です。久里浜に出立しますよ」

彦太に起こされた。

「今少し、寝かせてくれ。久里浜は、目と鼻の先ではないか」

「かもしれませんがね、こちらのお役人が天下の一大事ゆえなにが起こるか分からない。浦賀も戦さの態勢をととのえなくてはならないから、出て行ってほしいのだそうです」

三十郎の寝ていた番小屋にドヤドヤと人が入ってくると、雨戸を立て掛けはじめ、土嚢が積まれていった。

「お退き下さい。この小屋が、一の砦となります」

眠い目をこすりながら立つと、足払いを掛けるように蒲団が片づけられ、警固方らしい侍が襷掛けに鉢巻であらわれてきた。

「武州川越藩、本日より浦賀の衛りを仰せつかった。当奉行所を死守致す覚悟なれば、ここが墓所ともなり申す」

やたらに威勢のよい藩士が片膝をついて、三十郎に挨拶をしてきた。が、月代を剃っていない頭を見ると、態度を一変させた。

「奉行所の役人とは、思えぬな……」

「無礼なり。黒船到来を、オランダ商館にて早々に知り、なにはともあれと浦賀まで駈けつけた幕府与力ぞ。月代なんぞ、剃る暇があろうかっ」

「ははっ。まことにもって無礼千万を申し上げましたこと、かように詫びまする所存」

川越藩士は平身低頭となり、つづいてあらわれた藩士たちまでが平伏すと、三十郎は大名とはこうしたものかの気がした。

嬉しいとか有頂天になったのではなく、空怖ろしくなった。

目の前に這いつくばっている侍の生殺与奪はもちろん、裸踊りをさせることまで簡単にできるのである。

――鬼になれるのだろうか、なれるわけはない……。

怖いことだった。

三十郎の知る天上びとは、前の南町奉行遠山左衛門尉だが、それより上の老中あるいは将軍ともなれば、たったひと言が幾千万もの家臣や民百姓の生死を左右することになる。

江戸城に在わす将軍家慶公を〝そうせい様〟と陰口をたたく者がいると聞いた。「なにを申し上げても、そうせいとしか上様は返さぬそうな。ゆえに、そうせい様で城内は通じるらしい」

頼りないお方だと三十郎は思ったが、今ここで平伏したまま動かない侍を見て、考えを改めた。

怒ることも赦すことも、言い方ひとつに顔つき手つきまでが、とんでもない波紋を投げてしまうのである。

——そうせい様こそ、上様の器だ。

気づいたことで、三十郎はひと言を放った。

「うむ。それでよい」

足早に部屋をあとにした。

三

ふたたび草鞋となって、紅梅長屋一同は久里浜を目指した。

三十郎の眠気が吹き飛んだのは、〆香が加わったからである。

〆香は湯屋を出たときと同じ束髪となり、婀娜を見せる衿足が隠れるが、武家のそれも浪人の女房らしさそのままとなった。

「妻女と申すより、女房と申すほうが相応しい」

要らざる三十郎の賛辞に、おくみが横目で睨みつけてきた。

「まったく、いつまでも浅葱裏気質が抜けないいんだから。大家さん」

「浅葱裏気質、とは」

「野暮の、骨頂のこと。田舎芝居の台詞じゃあるまいし、妻女より女房が似合うだなんて、歯も浮かないわよ」

「では、なんと申せばよい」

「男なら黙ってろ、だわ」

バッサリ斬られた三十郎は、そうせい様になりたくなった。

「今宵は、夜伽せい」

これで済む。

〆香は聞こえないふりで、前を歩いていた。代わりというわけではなかろうが、國介が三十郎の横に来た。

「噂では耳にしておりましたが、裏長屋の女房とは実にぞんざいなのでございますな」

「おれは鍛えられていると思うことで、乗り切っておる」

「武家と町人、それも男と女の身分の隔てが失せてしまいます」

「身分てぇのは、江戸市中の町人に今やないも同然らしい」

「異人さんともです」

ふり向きざまに声を放ったのは、お蝶だった。

海がふたたび見えると、帆をおろした黒船が一艘目に入ってきた。

ゆっくりと久里浜の入り江に入ってゆく。

「後ろ向きに動いてらぁな、一人も漕いでねぇのによ」

弥吉が目を丸くして、女房のおまちを前に立たせた。

「いるに決まってるじゃないの、漕ぎ手が船底に。家鴨みたいな水掻きがついてるのよ」

「そうか、そうだよ。水掻きがなくちゃ、動けねえ」

國介が説明しようとするのを、三十郎は手で制した。

「止せ、ここで分からせるのは無理だ」

「そうかもしれません。以前、朝日が東に昇り、夕日が西に沈むのではない話をすると、聞いていた者たちが混乱を来しましたから」

「ちがうのか？」

「えっ。ご存じありませんのですか、紅さん」

三十郎を軽く見たときの國介は、さん付けとなる。

「日輪は、動いておらぬと申すか」

「ここで詳しく説くのは、ちょっと」

「もったいぶるな、教えろ」

「簡単に申しますと、われらが立っている地べたは毬と同じ丸い巨大なものです。それが日輪を中心にして一年で一周、毬もまた一日で一周みずからまわっておるのです」

「――、馬鹿な。それでは、ふりまわされてしまうではないか」

「ところが下に引っぱられる力があり、ふり落とされません」

「嘘だろう。地べたが動くなど、あってたまるか」

ありありと疑い深い目を見せた三十郎を見て、國介は言わなきゃよかったと悔んだ。

「黒船の異人たちは、みな知ってますよ。でなければ、遠い東の地にまでやって来ませんし、平らに見える海の彼方にはなにも見えないではありませんか、島も異国も」

「分からない。分からなくなった。今あそこにある日輪は動いておらぬ、代わりに足元の地べたが動いているなどと……」

「そうなりますね」

「南町の者たちはみな、知っておるのか」

「半分ですか、分かっているのは」

「蘭学か」

「はい」

　三十郎の頭は、もつれた糸のようになっていた。どこをつまんでもほどけないどころか、ますますこんがらがったのである。

「見えたっ。四杯ともいらぁ。あの大きいのが、おれの乗った船」

　寅蔵は自慢した。自分の乗ったのが棟梁の黒船だと。

　遠眼鏡が〆香の手にあり、黒船を覗きはじめた。どうした加減か、必死さが伝わってくる。

　どの黒船の上にも大勢の異人があらわれ、陸を眺めはじめた。

「あれっ。みんな似たような物を着てらぁ」

助十のひと言によく見ると、上は白で下は紺の股引。中には逆に、上が紺で下が白い者もいる。

武家の正装も揃うが、これほど鮮やかな色あいにはならない。

「傾いていますねぇ、異人」

國介が面白い囃し方をしたので、長屋連中は笑った。

「役者を揃えたんじゃねえか」

「そんなわけあるもんか、弥吉」

「でもよ、上陸となりゃ花道となるぜ。寅」

「あははっ」

笑ったところに、久里浜に詰めていた番士がやって来た。

「これ、立ち去らんか。本日は、海を見てはならんっ」

「江戸南町奉行所の与力、ならびに同心なり」

南町の通行御免の木札を國介が出すと、警固方の番士は町人たちのほうを見込んで訝った。

「われらが雇いし間者である。これより浜に下り、仔細をお奉行播磨守さまへ伝えねばならぬ。案内せい」

小山國介の対応に、抜かりはなかった。

数人の番士があらわれて先導したのは獣道じみた下り坂だったが、いきなり久里浜の接見所の端に出た。

「凄えや。浜に塵ひとつ落ちてませんね」

幸次郎が声を上げたとたん、番士が静かにしろと目で叱ってきた。

浜には横に白と黒の幔幕が張り巡らされ、その背後には鉄砲隊が片膝立ちで並んでいる。

——いざとなったら、ひとり残さず撃ち殺そうというのか。

幕府側の物々しさは尋常でなく、息苦しいほど大袈裟だった。

「関ヶ原の戦さは、こうしたものだったんですかね」

小さくつぶやいた幸次郎の言いようが、ピタリと嵌まっているようでおかしかった。

やがて艀とおぼしき異国の小船が十艘以上、各々二十名ほどを乗せて浜へ進んできた。

上から見たとおり、白と紺の装いばかりである。

「先頭はやっぱり、旗指物（はたさしもの）だ。おれも、先頭だったもの」

「怖かったろう、寅蔵」

「火事場の纏持（まといも）ちと同じよ、怖くなんざねえ」

「しいっ」

番士に叱られたのは、浜そのものが異様に静まり返っていたからである。

上陸するほうも迎える側も無言で、波音さえ抑えているように思えた。

数えられないほどの侍たちが、浜を埋めつくしていた。ざっと見ても二千人余が、羽織袴（はおりはかま）だった。

——幔幕に隠れた者を加えれば、三千か。

艀から棟梁とおぼしき立派な姿をした男が降り立つと、揃った姿の異人たちが一列となり、真っ直ぐに並んだ。

「あっ、看板役者の登場だぜ」

「花道がねえから、人で花道を作ってるってわけだ」

「お鼻が、大（お）っきい」

遠眼鏡を手に、お蝶もつぶやいた。

黒船の棟梁が降り立つと、幔幕の中央に置かれた床几（しょうぎ）に、侍ふたりが腰をおろしたのが見えた。

「浦賀奉行、戸田伊豆守さま。今ひとりは江戸詰の浦賀奉行、井戸石見守さまでしょう」

國介が囁いた。

「小山。なにゆえ知っておるのだ」

「すべて、老中首座の阿部伊勢守さまの想定にもとづき、こうなればこうと決めておられたのです」

「今日の久里浜も、考えておられたというのか」

「ご老中阿部さまは盆暗ではありません。ゆえに、これだけの頭数を揃えられました」

「…………」

丸い地べたがまわることも含め、三十郎は自分こそ盆暗だったことを痛切に感じた。

そこへ突如、太鼓がドコドコと鳴り響いたことにおどろかされた。

異人たちが一列に並ぶ中に、肩から太鼓を吊った者が五人。そこへ――

〽ヴファ、ヴファァッ、ドンドコ、ピィ〜

鳴物が景気よく、音高らかに歌いだしたのである。

「ひゃあ。賑やかですけど、奇天烈ですなぁ。異国の、出囃子は」

幸次郎のことばに笑ったのは、長屋の者たちだけだった。

三十郎と國介、居あわせた警固方は、刀の柄に手を置いた。

けたたましい出囃子の中、黒船の棟梁が布を掛けた盆を捧げて、奉行ふたりの前へ進んだ。

あわてたのは近くに控えていた役人で、止まれと砂浜で手を上げる。が、構うものかと棟梁は押し込むように前へ出た。

六尺以上もある威丈夫は制止した役の頭より、肩が出るほど上背があった。

通詞らしい者が、脇に従ってことばを掛ける。異人の返事を聞いて、通詞は朱塗りの文箱を棟梁の前に差し出した。

上にあった布を取り払い、異人は封書らしきものを文箱に載せ、奉行ふたりに会釈なのか右手を胸にあて不動の姿勢を取った。

その刹那、沖に停泊していた黒船から、大音声の砲がいくつも発せられた。

ドドン、ドドドン、ドン、ドン、ドパッ。

久里浜が揺れた。

耳を塞いで伏せる者、鯉口を切って抜刀する者、幔幕の後ろから一斉に鉄砲隊が飛び出し、奉行の一人は立ち上がった。

みな浮き足だって見えた。

「あは、あはは。昼の花火だ。異人も景気づけやがるぜ」

列を作っていた異人がひとりとして動いていないのを、寅蔵は見ていたのだ。大砲を撃ち込むなら、全員が船に戻ってからなのである。

砲音が鳴り止んだものの、棟梁は動かなかった。

奉行たちの前に進み出た通詞が、なにか言っていた。

井戸石見守が文箱の中に納めたものを取り上げ、脇差で封を切る。

読んで訳せと、通詞に命じているようだ。

アメリカの国書に記されたものを伝えられた奉行ふたりは、鷹揚にうなずいて見せ、なにごとかを言った。

それを通詞が異人の棟梁へ伝えると、考え込むような仕種をしてからうなずいた。

ゆっくりと厳かな足取りで、異人の棟梁は踵を返しはじめた。

前とはちがう鳴物が、ドンチャカ、ドンドコと陽気に歌い出す。

三十郎が目を瞠ったのは、お蝶と〆香が音に合わせて手足を動かしはじめたことにだ。

すると、長屋の連中も手踊りとなった。

「朗らかな気にさせるわねぇ、異国の鳴物って」

「ちっとも粋じゃないけど、気さくでいいじゃないの、おやえさん」

長屋の女房どもが認めれば、江戸で受け入れる下地ができたも同然だった。

ことほど左様に、江戸っ子の懐は深いのである。正しいと信じ込んだきりの頑固一徹な田舎者とは、まったく異なっていた。

それは躾とか儒学の教えから身につけるのではなく、江戸の町というなんとも捉えがたい融通無碍な器が生みだしたものだった。

上陸した異人たちが、次々と小船から本体の黒船に乗り移って行く。

「よく分かんなかったけど、みんな殿方ばっかりだったわ」

「あちらさんだって、侍だ。女房を連れて来やしねえぜ」

助十おくみ夫婦の話に、異を唱える者はいなかった。

――そうなのだ。侍が礼を尽くしてやって来たのであれば、いきなり戦さを仕掛けたりはしないわけだ……。

「もう、陸に上がって来ないのかしら」

「忘れ物をしたとかしねえ限り、しばらくは来ねえだろう」

「なぁんだ。つまんない。近くで見られると思ったのに」

「おめぇなんざ、向こうがお断わりだとよ。〆香姐さんなら喜ぶだろうけど、それをお持ち帰りされちゃ敵わねえ」

　弥吉が言うと、みんな笑った。三十郎も同意した。大砲の威嚇は嬉しくはない。しかし、名妓の連れ去りはもっと嫌なのだ。

「しかしまぁ、結構な目の保養になったねぇ。みなさんのお蔭で、江戸に帰って自慢ができますよ」

「幸次郎。江戸であまり声高にしゃべると、町方がうるさいぞ」

「小山さま、いけませんかね？　嘘は申しませんですよ」

「幕府としては、内密にしたいのだ」

「でも、こうして大勢が見たじゃありませんか」

「上陸し国書の受け渡しを見た町人は、おまえ方だけと言ってよかろう。幕府は侍を信じても、町人を信じはせぬ」

「そんな殺生な……。同心の小山さまも口をつぐみますので？」

「奉行所の外ではだが、そうなる」

「人の口に戸は立てられませんでしょう？」

おやえが亭主の脇から、口を挟んだ。

「そうだぜ。浜には侍ばかりのようだが、幔幕を張ったのは土地の者だろうし、捕方としてあつめられたのは無頼の奴らだそうじゃありませんか。遅かれ早かれ、ばれちまいます」

「寅蔵だったな？　異人を目近に、ことばまで交したのは――」

「ことばは駄目でした。なに言ってるか珍ぷん漢ぷん、なんとか身ぶり手ぶりで分かりあえたつもりでしたが、まぁそれなりにってとこです」

「場合によっては寅蔵、奉行所に押し込めとなるかもしれぬぞ」

「なんすか？　押し込めって」

「入牢とはちがうが、南町の仮牢に留め置かれ、思い出せる限りのあれこれを絞り取られる」

「やだ。このまま東海道を、西へ上って行きます」

言うが早いか寅蔵が走り出そうとしたのを止めたのは、三十郎だった。

「まぁ焦ることはない。おれも小山も南町の役人。なんとかしてやる」

「なんとかってぇと、見逃してくれますので？」

「仮牢に入れずに、奉行所内を歩きまわれるくらいのことは――」

「一歩も出られないんですか、仕事にも行けないので？」

「三食と湯浴みなら、ただでよい」

「小遣いとかは」

「それはあり得ぬ。しかし、長屋から結構な差入れがあるだろう」

差入れのことばを聞いた店子たちは、一斉にそっぽを向いた。

「人情紙のごとしとは、よく言ったもんだ。これが江戸っ子かね？」

言い返したものの、寅蔵も長屋の者たちも笑った。

「いずれにせよ、寅蔵はお奉行の前で洗いざらい語らねばな」

「拷問だか、ありますか」

「ないよ。おまえに旗持ちを命じたのは、浦賀の与力だ。科を問われるのは、おまえではない」

國介のひと言に、寅蔵は笑いだした。

「へへへだ。じゃあ、浦賀の与力さん二人の行状もしゃべっちまいます」

「――。与力二名は、なにかしたと」

目の色が変わった國介は、寅蔵を睨んだ。

「あっしが先に乗り込みました。そのあと遅れて、通詞さんと与力さん方です。異人の棟梁に、なにを言ってるかまるで聞こえません。けど、与力さんが咎められていたのを見ました」

「異人に咎められたのか」

「一度や二度じゃありません。再三再四です」

「なにを」

「お二人とも、あっちにフラリ、こっちでフラリと見てまわったんです。しきりに感心しながら、船の中」

「探っていたと申すのだな」

「へえ。あっしらが塗り直す前の壁を確かめるときみてぇに、ときに叩いたり触ったりしてました」

三十郎と國介は、その理由が分かるとうなずき合った。

珍しいものを知りたい。どうなっているか見ようとする。蘭書に記されていたことを、ひとつずつ確かめたいのだ。

一方の異人にしてみれば前交渉に来たのに話をせず、うろつく奉行格の役人に呆れたにちがいなかった。

——おれでも、そうしたろう……。

浦賀奉行所を辞めた野村泉八郎と同じ考えの役人がまだいることに、三十郎は心を和ませた。

四

「あぁっ。あれを——」

助十が叫んで指さした先に、黒船が煙を上げて動きはじめる姿がはっきりうかがえた。

が、黒船の進んでゆく方角が、相模灘を出て行くのと逆の、江戸へ向かうほうだったことにおどろいた。

「奴さんたちも洒落てらぁ、江戸のみんなに黒船の雄姿を見ていただこうってことらしいや」

弥吉が手を叩いて喜ぶと、彦太が悔しがった。

「やっぱり小柴浦に絵師を連れてくれれば、草双紙は売れに売れたんだけどな。絵にあるとおりだ黒船はって……」

浜でも役人たちが大慌てなのが、三十郎にも見て取れた。

「話がちがう。アメリカに帰ると言ったではないか。通詞、おまえは聞きちがえたのかっ」

奉行が通詞を叱責する姿が、目に見えるようだ。

が、今さら遅い。奉行所の御用船が追いつくはずもなく、追いつけたところで体あたりを食らってしまうだろう。

國介は口を開けて、三十郎を見つめてきた。仕方ありませんねと、言いたいらしい。

「小山。奉行格に仕立てた与力にどうなっているのか、聞いて参れ」

「そうします。ついでに黒船の中でなにを見てきたかも、ですね」

馬づらの國介はこの数日で、三十郎と馬が合うようになった。

——すると俺は乗り手になる……。

笑顔を見せた三十郎だった。

「ご覧になりますか？」

声の主は、〆香だった。

その手には遠眼鏡がある。黒船に気を取られ、浅草一の芸者が目に入らないでいた。

「拝借いたす」

〆香が触れた丸い筒を、三十郎は握りしめた。

温もりとなんとも言いようのない色香が、指先から伝わってきたのは言うまでもなかった。

丸いギヤマン部分に眼をあて、黒船の進むあたりに向けた。

「……。くっきりと見えるが、なんとも小さい」

「紅さま。それ、逆です」

「逆。あっ、これはどうも」

恥ずかしかったが、無知とはこういうものだと三十郎はつまらぬ見栄を張ることをしなかった。

「――――」

きちんと持ち直すと、信じ難いほど鮮明に、異国の黒々とした鉄甲船が眼に入ってきた。

立っている異人の表情まで読み取れ、鼻の下の髭（ひげ）は髪の色と異なり、黒くないことも見えた。

「ううむ、なんと申したらよいか……」

「大家さん、貸して」

おくみが遠眼鏡を奪うようにして、覗く。

長屋の者は一列になり、次はあたしだと並んだ。

「こりゃ凄いっ。両国の見世物（みせもの）の比じゃない」

「代われ、おくみ」

亭主の助十が覗くと、足を踏みならしはじめた。

「助十さんよ。小便なら先にしてくればいい」

「そうじゃねえって。面白すぎるんだ。見てみな」

彦太に代わる。音にならない奇声を出して笑いをよんだ。

「なっ？　異人ってどんなか、分かったろ」

寅蔵が胸を張ると、弥吉おまちの夫婦が遠眼鏡を手に交互に覗く。

幸次郎おやえ夫婦も、待ってましたと遠眼鏡に取りついた。

「しゃべるなって言われても、口が先に動きますね」

「魚河岸（うおがし）仲間じゃあたしたちが、一番乗りだわ」

「ちがうだろうな。沖に出る漁師は言わねえだけで、異人をいっぱい見てるはずだ」

「でも、江戸の長屋としては一番だわ。浅草阿部川町紅梅長屋っ」

おまちが声を上げたが、周囲には役人がいなくなっていた。

江戸に向かおうとしている黒船に、右往左往しはじめている役人ばかりと、戻ってきた小山國介が言った。

「小山。国書の中味は、どんなだ」

「浦賀与力の香山さまが言うには、アメリカの国書には、難破船への救助ならびに食糧や薪水の給与、そして交易をするとの約束を取り交したいとあったそうです」

「で、了承したのか」

「いいえ。難破船のことはよしとしても、交易については将軍の裁可を必要とする。ついては、一年後に答を用意するとのこと」

「一年後に、こちらから出向くのか」

「ふたたび黒船が来ます」

「異人は怒っておらなかったのか」

した」

「渋々（しぶしぶ）承知したそうで、腹を立てておられたのは、与力の香山さまと中島さまで

「なにゆえに」

「与力お二人が腹を立てた相手はお奉行でして、鉄甲船を急いで造るべしと進言したにもかかわらず、造る技も銭（かね）もないと一笑されたことにです」

「そうか。黒船に乗り込んだ二人は、細かいところまで見ていたんだったな」

「はい。中島さまは甲板の下にまで入り込み、機関（からくり）の様子までつぶさにご覧になったとか。できぬのなら自分を船大工の棟梁にと、名乗り上げたと聞きました。お奉行の二人は、またしても首を横にしたそうです」

聞いてきた國介は妙に真剣な顔で、三十郎へ訴えるような口調だった。

「ところで黒船が江戸に向かったようだが、これは約束を違（たが）えてのことか」

「分かりませんが、与力お二人の申されるのは、アメリカも武士なれば帰ると言ったことに嘘はないはず。異人なりの示威（しい）だろうと」

これほど大きく強いのだぞと、江戸の者たちに見せつけるのかもしれない。なんであれ、止められないのである。されるがまましかなかった。

「それより、有難い話をいただきました」

「与力の中島さまが、江戸のわれらを御用船にて送ってくれるそうです」

「どのような」

「うわぁ、黒船を間近に見られる」

「寅蔵。異人に踏みつぶされるかもしれぬぞ」

「大丈夫です。好い奴らでした」

國介が笑って、寅蔵に声を掛けた。

「おまえの糞度胸、与力お二人が褒めておった。浦賀の者では臆したろうと。帰り船に乗れるのも、寅蔵の手柄らしい」

「江戸っ子だね、寅ちゃん」

おまちのひと言に、どんなもんでぇと寅蔵は鼻をこすり上げた。


三十郎は小娘の右の手を、〆香は左手を、ふたりがお蝶を挟んで御用船に乗り込んだときは夕暮れとなっていた。

六月盛夏の夕日はとてつもなく赤く、長屋の者はみな、西を見つめた。

船中に長い影をつくる夕日が海の上にいることで、これほど赤いものだと知った。

どの顔も真っ赤だが、笑っている。

「小山、あの日輪は沈んでおらぬと申していたな」

「いかにも。こちらがまわっています」

「海もか」

「底は地べたですよ」

「分からんのだ。どう考えても」

「わたくしだって、分かりません。でも、理屈は通ってます」

けろりと言ってのける國介に、若さが感じられた。三十歳をすぎたことが、三十郎の頭を固くしているらしい。

「あっ、黒船」

声がした先に、四艘があらわれた。岬の陰で見えなかったのだ。

停泊しているのか、動いてなかった。

「なにを致しておるのだろう。ちと、拝見」

國介が〆香の手にしていた遠眼鏡をと言ったが、いやですと自らの眼にあてていた。

名妓（めいぎ）の頑迷さが、意外だった。実に真剣な面（おも）もちで、四艘を隅々まで見ていた。

お蝶も目をいっぱいに開き、口を引き結んでいる。

「小船を出しての測量は、この辺りの水深を見ておるのでしょう。遠眼鏡がなくても分かります」

國介が教えてくれた。

「あの母娘、なにに執心しておると見る」

「難問ですね。異人に惚れたとは思えません。といって、鉄甲船の様子を盗み取るわけでもないでしょう。人捜しと考えますが――」

「あ。それだっ」

三十郎は突拍子もない声を上げ、國介をおどろかせた。

――野村泉八郎が密航して、中に。

しかし、乗り込めたとしても、船上にいるとは思えなかった。

〆香は小娘のために、泉八郎を捜しているのだ。それにちがいないと、三十郎はため息をついた。

見かけでも、われらは子づれの夫婦のはずだった。ところが女房は他の、というより娘の父親を捜すのに躍起となっている。

「面白くねえや」

「紅さん。なにが面白くありませんか」

「独り言だ」

つぶやいて目をそむけた。

御用船の役人は黒船の見張りを怠(おこた)らぬようにと、僚船(ともぶね)に言い置いて紅梅長屋を乗せた船を走らせた。

雲ひとつない夕空に、月が昇っていた。

「あの月も動いておるのか？」

「そうだと聞きましたが、よく分かりません」

國介の答は、異国の黒船のことを言っているようでもあった。

十日ばかりだった天下の一大事がまだつづきそうに思えたのは、西の赤い空が不吉な色に燃えているのを見たからにほかならない。

「どっちにしても、面白くねえな」

〆香の衿足(えりあし)を見ながら、三十郎はつぶやいた。

五　お江戸は今日も能天気

一

三十郎たちの乗る御用船が、江戸の霊岸島の船着場に入ろうとしていた。

百人を超える野次馬どもが篝火の燃える中、喚声を上げているのが見えた。

「やりましたぁ、日本一っ」

「黒船相手に、大相撲。残った残ったぁ」

暮六ツ半をすぎたというのに、この騒ぎである。

「これ、止さぬか。無闇に立ち入るでないっ」

出迎えの役人たちが制したくらいでは、誰も帰りはしなかった。

それ以上に、なにか面白いことでもあるのかと、仕事帰りの職人や担ぎ商らが押しかけてきた。

　人が人を呼び、船着場に下り立った三十郎たちは、たちまち群衆に巻き込まれた。

「どうだったかね、黒船は」

「見たんだろ、異人ども」

「聞こえたぜ大砲の音、こっちまで届いてきたぜ。けが人は？　火事にはならなかったのか」

　浦賀と久里浜でのことは口止めとの命令は、意味ないことになりそうである。執拗に問われた寅蔵など、役人の目を気にしながら、うなずいたり首をふったりしていた。

「ちょいと、ご浪人さん。あんたは逃げてきたのかい？」

「逃げた。拙者がか」

「黒船が浜まで乗り上げたんで、怖くなってさ」

「………」

　いかにも裏長屋の古女房とおぼしき四十女から、衿をつかまれ責めるような口調で問い詰められると、懐ふかく納めた短砲が三十郎の浮わついた気分を覚まさせた。

からだった。

——危ない。

暴発することではなく、物騒な飛び道具を所持しているのを咎められたくないからだった。

短砲の扱い方は武州秩父の代官手代をしていたとき、土地の猟師に教わっていた。といっても、火縄銃の撃ち方だったが、併せて洋式の銃と短砲を絵に描いてもらってのことである。

「これからは、わしら猟師も新しい鉄砲が持てるで」

「本当か」

「雨に降られりゃ、火縄は使いづらい。ところが異国の鉄砲は、火をつけんでも使える。ましてや短砲となると懐にも入るで、楽なものらしいべ」

「なにゆえ、異国の飛び道具のこと知っておる」

「わしら、山から山を渡り歩く。むろん稼ぎ場は決まっとるで、よそ者と重なりゃせん。けんど、昼どきなんぞ時に谷川で隣山の猟師と出遭って、互いの道具を見せあうでよ」

「短砲を持つ猟師が、おるか」

「おるわけもない。話でだよ、六十余州の猟師たちの。異国の鉄砲話の出どころは、決まって薩摩じゃ」

「薩摩の猟師は、新しい飛び道具を――」

「あはは。おらも、そう思った。けんど、手に入れられるのは侍だけじゃ。値も張るし、抜け荷となれば手が後ろへまわるべ」

秩父に養子として入ったばかりの頃の話で、三十郎はすっかり忘れていた。が、紛れもなく値の張る抜け荷が、相州の浜で手に入ったのである。

「狙いを定めたら、頭を少し後ろに。腕を伸ばして、ここにある小さな取っ手を指で引く……」

――となると、襲ってきたのは薩摩の者か。

黒船見物と異人の上陸、それに加えて〆香があらわれたことで、手にした短砲の重大さに思いが及ばなかった。

迂闊（うかつ）というより、三十郎が能天気であることに変わりはない。

やがて番所から捕方までがやってきて、野次馬どもは排除された。

「大家さん。あっしらは明日の仕事がありますんで、お先に失礼いたします」

紅梅長屋の面々は帰っていった。もっとも、寅蔵だけ留め置かれたのはいうまでもなかった。

「いやですぜ、小山の旦那。小伝馬町送りなんてぇのは」

「安心致せ。申したとおり南町へ拙者と同道、お奉行に総て包み隠さず申し上げるだけだ」

「あっしの明日の仕事は」

「浦賀の旗持ちとしての働き天晴れなりと、金一封が下賜されるはずだ」

「うそっ」

満面の笑みがこぼれ、寅蔵は自分の頬をつねった。

「小山。ひとまず拙者も南町へ」

「お忘れですか、紅さま。江戸に戻ったら、お奉行の密命……」

國介のことば尻が小さくなったのは、ことの重大さを語っていた。

「しかしだ。手元に一文もないと、あの里では動きが取れぬ」

「五両を渡してありますよ」

「もらってておらぬぞ」

「御用船の中で、美人の芸者さんに」

「――。話をしたのか」

「紅さま一人では心もとなかろうと、吉原での仕事をあらかた伝えておきました」

「すると、われらは子づれの浪人者夫婦として――」

どうした加減か、満面の笑みをこぼす男が横に出てきたので、寅蔵のほうは苦笑いとなった。

「父上、こちらです」

「あ。おれが父上」

お蝶の声にふり返ると、提灯を吊った屋根舟が三十郎の乗船を待っていた。

「母上も乗っておろうな」

「はい。あなた様」

夜目にも婀娜な〆香の横顔が柱の脇に躍り出て、あなたと言われた三十郎はわけも分からなくなると、足を踏み外しそうになった。

「酔っておられるますか、与力さまは」

船頭が気づかう。

「あぁ酔った。酔っておる……」

足元をふらつかせ、親子三人が乗る川舟に突き進んだ。

呆れ顔の國介を尻目に、浪人姿の三十郎は女房のもとへ駈け込んだが、小娘に行く手を防がれた。

「呑み助は粗相をしますから、船べりへ。お座敷では、吐かれては困るので中庭に出てもらってました」

芸者の養女は、花魁の禿と同じ役割をしていたようだ。三十郎は酔ったと口にしたことを悔んだ。

霊岸島を離れて大川を上る屋根舟で、三十郎は終始無言だった。

男と女の色ごとの切っ掛けづくりなど知っているはずがなかったからだが、南町奉行直々の密命を船頭に聞かれることも懸念したからでもある。

吉原に通じる山谷堀の口で、猪牙舟に乗り換えたのは舟の横幅ゆえのこと。屋根舟の通れる堀ではあるものの、下ってくる舟とすれちがえないのだ。

その名のとおり、猪の牙そっくりの川舟は客ふたりと船頭が乗ればいっぱいの大きさである。

「子どもなら、拙者の膝でよかろう。船頭」

「へい。夜でございますゆえ、しっかりとお抱きくだせい」

「分かっておる。妻、そなたも揺れると危ない。もそっと、こちらへ」

〆香に声を掛けた。

「堀ですから、波は立ちませんや。むしろ奥さまは、あっしのいる艫のほうへいらしていただけると、漕ぎやすくなります」

欲をかいた三十郎のひと言は、裏目をみた。

夜の山谷堀に、思った以上の舟数を見て目を瞠った。

すれちがう舟は客を送ったあとの空で、次の客を拾いに下ってゆく。

三十郎たち同様に上ってゆく舟は、どこにも停まることなく一路吉原を目指し、グングンと追い抜いていた。

「みな先を急ぐが、早い者勝ちということか――」

言わざることを女の前で口にしてしまったと思った三十郎は咳払いをしたが、またもやの失言だった。

名妓を前に、女郎買いの話はよろしくなかろう。が、船頭は明快な答を返してくれた。

「廓の客はたいがい馴染のもとへ通いますから、早く行ったところで大きなちがいはねえです。吉原への舟が急ぐのは、あっしらの稼ぎに関わりますんでね」

「そうか。数をこなせば、それなりの稼ぎが得られるな」

三十郎は俗に言われていることの多くが、摺り込まれた思い込みにすぎないと知った。

江戸っ子だから船頭に大坂ふうの勘定高さはなかろうと、端から信じていた。これも迂闊だったことになる。

西と東のちがいを述べるなら、照れずに表へ出すか隠すかなのではないか。考えようによっては、江戸はごまかす分だけ、ずるいのかもしれないとひとりで笑った。

「旦那さま。なにか可笑しいことでも」

「えっ、旦那とは拙者——。そ、そうであったな。おまえは女房、いや妻だ」

〆香とは夫婦ということになっているのだが、いざ呼ばれてみると嬉しいくせにドギマギしてしまう。

「今、お笑いになられましたが」

「笑ったのは、その、なんである。夜舟もいいものだと、楽しくなって……」

汗をかいた。懐から出した手拭が、潮くさかった。

吉原通いの舟は、日本堤の舟着場に引っきりなしにあらわれては、客を下ろすと急いで離れて行く。

馴れた客は軽く跳び下りるが、そうでない客はよろけて船頭に助けられていた。

一人として、眉間に皺を寄せる者はいなかった。これから愉しむ客と、酒代をはずんでもらった船頭なのだ。

お蝶は船頭に抱えられ、〆香は手を取ってもらい、三十郎は手伝ってくれる者などいるわけなく渋々下船した。

「ええ、松葉屋でございます。お待ちしておりました」

隣の舟に客を迎えにきた引手茶屋の男衆だろうか、しきりと愛想をふりまきながら腰を低く手まで揉んでいるのが、商人を思わせた。

呉服屋の番頭と同じだと思ったものの、客の名を口に出さないことに感心した。どこに耳があるか分からないゆえの、廓見世なりの気づかいなのだろう。

「餅屋は餅屋か」

三十郎はつぶやいてしまい、ふたりを見た。

「…………」

なんのことかと、母子は小首を傾げるだけだった。

下り立ったところを、日本堤。大層な名をもつ土手だが、八丁堀で聞いた話では諸国の大名家が堤の普請に駆り出され、六十余日で仕上がったゆえという。日本六十余州との、掛けことばからの命名らしい。

二百年も昔のことになるが、土手を築かないと江戸中が水浸しになっていた。

それでも、住むには嬉しくない場所だった。

「女あそびの悪所なれば、大水に流されても文句は出ぬ。紅、くれぐれも八丁堀の者は行かぬよう」

先輩与力から、釘を刺された。

その吉原に、紅三十郎は足を踏み入れることになる。

姿かたちは浪人で、町方役人ではない。が、客を装って遊ぶような手筈がとと のっているかと気になっていた。

なにも聞かされていない三十郎は、あれこれ考えながら衣紋坂と呼ばれる五十間道の緩やかな坂をのぼりはじめた。

官許の廓は、別名を不夜城という。

夜更けまで明るい灯がともっている上、周辺の家や畑を見下ろす高い所にあることからの名だった。

石垣ではないが、土塁を高く積み上げた三万坪もの町を造り、周りを堀に見立てた溝で囲んだのであれば、城と言えないこともなかろう。

当初は日本橋の裏手にあった吉原だが、江戸城に近いのと、明暦の大火事で全焼したため、新吉原としてここに移された。

聞けば江戸の大半が焼け、出てきた瓦礫(がれき)を当地に積み上げて土塁もどきにしたというが、二百年近い歳月は大勢の男たちが通ったことで踏み固まっていた。

左右には掛茶屋が連なっている。町人の多くは一杯ひっかけて大門(おおもん)をくぐるのが、照れを隠すにはいいらしい。

大門が見えたところで、〆香がふり返りながら三十郎へ口を開いた。

「わたしと娘は、吉原芸者の母子として置屋(おきや)さん預かりとして下すったそうです。旦那さまは、右手の四郎兵衛(しろべえ)会所(かいしょ)へ。話はつけてあると聞いてます」

〆香は腰をかがめながら、大門を入ってすぐの仕舞屋(しもたや)ふうの一軒に入ってしまった。

心もとないとは、このことである。

三十をすぎた三十郎だが、女を買ったことは一度もない。八丁堀の役人になったとき、おおよその知識は頭に入れたが、足を踏み入れてこそ本当に分かるのことで知識となる。

吉原には三千数百人の遊女がいて、客は一日に五千人余、ひと晩の上がりが千両もになり、その多くが冥加金(みょうがきん)として幕府に持っていかれる……。

こんなことを知ったところで、なんの役に立とう。

大門をくぐろうとしたとたん、呼び止められるのではないか。懐をさぐられ、一文もないと追い出されては元も子もなかろう。

――〆香に預けた五両。懐に、ご禁制の短砲……。

躊躇してはみっともなかろうと、大門を見上げる素振りをしたところに、声が掛かった。

「ええ、おそれ入ります。阿部川町の紅梅長屋、人呼んで金四郎さまではございませんか？」

「――。金四郎とは、遠山の」

紅梅長屋の名が出て、三十郎と知った上での声掛けと気づいたが、遠山の金さんとされたことで鼻の下が伸びた。

「お待ちいたしておりました。大門脇の会所のほうへ」

手引きをしてくれる者がいるなら、これほど心強いことはない。浪人三十郎は臆せず大門をくぐった。

入ったとたん目にしたのは提灯の数であり、その明るさである。不夜城の名に相応しい華麗さは、なるほど別世界を見せた。

「こちらでございます」

番屋にしては開けっ広げに思えるのは、中で働く者たちの陽気さだろう。町方の番屋の連中が上目づかいで人を見てくるのとは大ちがいだ。

舟着場にいた引手茶屋の男衆と同じで、物腰からして柔らかいのが意外なことに嬉しく思えた。

〝入り盗賊に、出女〟を見張るのが四郎兵衛会所と聞いていたが、鬼のような者は一人もいなかった。

見世の場所を訊ねに来た田舎者へ、親切に案内する。どう考えても成人に思えない若い男に、それとなく帰宅を促しもしていた。

「いらっしゃいましたぜ、按摩さん」

呼んだ先に粂市が煙草を喫んでいるので、三十郎の頰は弛んだ。

「粂さん、来ておったのか」

「はいはい。公儀の御用だとうかがいまして、なにはさておき」

「長屋のみんなは、黒船も異人も見たぞ」

「よろしゅうございましたな、眼福ってもので。あたしのほうは流行り唄をおぼえましたです」

「流行り唄とは、黒船のか」
「歌いましょうかね、ひと節」
言ったなり粂市は顔を下に向けると、手で膝を打ちながら歌いはじめた。
〽船の長さが百間あまり　横の亘りが三十五間
鉄でつつんで銅まいて　内と外には水車をしかけ
昼夜馳せれば二千里走る
大小帆柱三本立てて　鉄砲　大砲　折々放つ
「まさに、そのとおりだ。もう江戸中に広まってか」
「おどろいてはいけませんです。今日のことまで、届いてますよ」
粂市は膝を叩くと、つづきを歌い出した。
〽喇叭チャルメラ　笙　篳篥の　音に固めて　大行列
「久里浜で鳴物の中、恭々しく異国の頭目が進んできたことまで知られておるのか？」
「そのお人の名を、ペルリ。上背があって、恰幅のおよろしい方だそうで」
「……………」
あの場にいた三十郎は、異人の名までは知らなかった。

人の口に戸は立てられないのことばどおり、早くも江戸中に伝わっていたのである。

「近い内、黒船とペルリの顔の絵が摺られ、売られるそうですぜ」

聞き憶えのある声は、芝居の床山伊八だった。

「鼬、おまえも？」

「へい。いつまでも浪人姿じゃと、南町の御用で参りました」

会所の入口では大事な話をできないと、奥へ案内された。

ここに働く男の数が少ないはずはなく、会所の奥は仮眠部屋となっていた。が、引けとなる門が閉じるまでは忙しいのでと、三十郎たちが使えるようにしてくれたという。

「使わせてもらえるのは有難いが、会所の者まで奉行の下命が――」

「しいっ。聞こえますぜ、表に。知っているはずありませんや」

「とは申すが、ここを貸すとなると理由を訊いてくるであろう。伊八」

「能天気と、申し上げます」

「おれではなく、吉原の出入りを見守る会所の男たちが能天気だと」

「へい。よぉくお考え下さい。ここは官許の吉原です。ゆえに、面番所という町奉行所の出先がございます。廓内での出来ごと、とりわけ手配書のまわっている罪人などは、面番所が扱います」

「しかれどもだ。ここへ送られる同心らは、すべからく役立たずばかり。それというのも、四郎兵衛会所が見張ってくれておるからと聞いておる」

「見たばかりじゃありませんか、ここでは誰も見張っちゃいませんよ。西も東も分からない者と、子どもとしか思えない若者を見守っているだけです」

「というと、面番所も会所も、罪人を逃していることになるっ」

「でしょうね」

「暢気（のんき）な言いようをするな、鼬じゃなくて伊八」

吉原ではお尋ね者を野放しにしていると、奉行へ報（しら）せねばなるまいと三十郎は勇（いさ）んだ。

「まぁそう猛（いき）り立たず、よぉく考えてごらんなさいまし、大家さん」

条市が耳だけ三十郎へ向け、ことばをつづけた。

「この廓ほど安らげるところはありませんでございますよ。客の目指すものは一つ、お女郎です。その女に袖（そで）にされても、次は必ずと騒がずに帰ります。ゆえに、喧嘩もまず起こらない。手配書がまわっている罪人だって、用が済んだら黙って帰れる安心できるところなんです」

　犯罪が起きるところではないと、按摩は言いきった。

「いい加減なところであるな、公儀の役目をなんと心得る」

　三十郎は部屋の隅に放ったまま積み重なる手配書の山を見て、ため息をついてしまった。

　伊八が三十郎の髷（まげ）を解き、櫛（くし）で梳（す）きはじめ口を開きながらつぶやいた。

「大きな声じゃ申せませんがね、官許とはいうものの廓で働く男には、それなりの理由があるんです。稼ぎは、高（たか）が知れてます。女たちには顎（あご）であしらわれ、客には愛想よくしてなきゃならねえ、一歩外に出りゃ女郎屋の男と蔑（さげす）まれます。好きでなろうって奴は、まずおりません」

　言われて気づけるようになったのが、この節の三十郎だ。

　なんとなく嘘でも愛想よく陽気にふるまう廓の男たちが、分かるような気がしてきた。

　嘆いてもはじまらないのなら、いい加減な奴と言われようとも賑やかしてやろう。

　銭（かね）にも恵まれない江戸っ子の、これも心意気なのではないか。その好（よ）い例が、吉原にもあったのである。

ところが、この適当という加減が相変わらず分からない三十郎ではあった。

「さて、三十郎の旦那。廓内で、なに者になりましょうね」

「用心棒なら、それらしくやれそうな気が致す」

「そんな危なっかしい侍は、無用とされる吉原ですぜ」

「医者となれば、出入り勝手となる」

「直にばれてしまい、追い出されます」

「なれば、〆香姐さんの亭主。日がな一日、グダグダと女房の稼ぎをあてにする遊び人」

「遊び人ってぇ顔じゃありません」

「そのとおり。声柄もちがいますですよ」

粂市が口を挟んだ。

「あっしも粂さんと同じでしてね、やわらけぇ役は無理だと思いました。幇間にすりゃ、姐さんと一緒に引手茶屋に揚がれるんだが、どう作っても田吾作芸人になっちまう」

「…………」

三十郎はいい加減という塩梅を身につけられない自分が、除け者でしかないのかと腐った。

愛嬌はもとより、賑やかすことも、張られても笑っていられる性根の持ちあわせもない。芸もなけりゃ、話術に長けてもいないのだ。

そこへ声が掛かった。

「待ち人が、おいでですぜ」

誰であろうと見込んだあたりが華やぎ、芸者〆香があらわれた。

「嬉しいことに、吉原の内芸者の端くれに加えていただきましたんですが、箱丁さんが出てしまって」

一流芸者には自ら雇う男がいて、なにくれとなく役に立ってくれるのだが、浅草に残したままだという。

「ここへ呼んで来たいんですけど、他所者は入れてもらえません。帯も、そのまま……」

だらりと垂らしたままの名古屋帯を、力で結んでくれる箱丁がいないのですと困り顔を見せた。

「箱丁の三ちゃんってことに、決めることにしました」

伊八は結髪道具を開け、手早く仕度に掛かった。

「断わっておくが、おれは女帯など結べぬぞ」

三十郎のひと言に、〆香は首をふって背を向けた。

「結び方とかではなく、力いっぱいに締めてくださればいいんです」

ほらここをと、〆香の両手が帯の端をつかんだ。

「鼬、髪結いは待て」

〆香に触れたい一心で、三十郎は女帯を手にすると締めた。

「もっと」

「よいのか」

「いいんです」

「では」

「その右手のほうを下に左を上に重ねて、結んでください」

出来たのかどうか分からないが、〆香は余った帯を器用に形づくって仕上げていた。

「ずいぶんと締め上げるのであるな」

「ええ。お座敷が済むまで食べられませんし、どんなに踊っても着崩れないんです」

「助平な客が帯を解こうとしても無理。これも名妓の着付です」

「しかし、どうやって解くのだ。鼬」

「箱丁がまた手伝います」

「お、おれがか……」

「〆香姐さんの出た茶屋の脇玄関に控えて、終わるまでいられまする。三十郎さんの仕事は、その間にやれるというわけでさぁ」

引手茶屋へ上がる客には、大尽（だいじん）が多い。密命を帯びた三十郎にとってまたとない機会になるのだが、どうやって話し掛け、その糸口をつかめばいいのかが分からない。

「ところで、お蝶は？」

「置屋さんに預かっていただいてます」

言った〆香の晴々とした顔が、三十郎をも嬉しくさせた。

二

〆香が呼ばれた引手茶屋は、神崎屋。三十郎も随いて行ったものの、初日から客が話を聞いてくれるとはとても思えず、今ひとりの粂市に従うことにした。

粂市を療治に呼んだのは廓見世の主人で、三十郎は盲のお手引きとして随いて行った。

階下の居間で、主人は横になっていた。

「はじめての按摩さんだが、誰かの代わりかね」

「左様です。ふだんは浅草でございますが、人手が足りなくなりまして。では、つかまらせていただきます」

言いながら療治にかかる粂市を、三十郎は敷居ごしの廊下で見つめていた。

按摩の仕事は揉むことと鍼灸だが、仕事をしながらのおしゃべりもまた大事なことのようだ。

ここが凝っているの、あまり歩いていませんななどと言いながら、最近の客の話から、粂市の身の上話まで、縦横にしゃべりつづける様子に三十郎は舌を巻いた。

「あたくしもそれなりの家に生まれておりましたなら、按摩でなく琴三味線のほうへ行けたものと思い込んでおりましたです。ところがなのでございますよ。音曲のほうは天稟と申しますか、生まれもった才覚を問われまして修行五年、どれほど稽古を積んでも師匠が先は見込めないと断じますと、追い出されてしまうそうで……」

「五年の無駄めしかい」

「それも月々の謝礼に盆暮の挨拶なんぞ、鐚一文返してはいただけません。あたくしの親はそれ見たことか按摩が一番いいんだよと、慰めるような始末でございました」

「按摩療治の修行とて、辛かろう」

「いえ、師匠のほうにしても、お手引きの代わりが増えたていどのことなれば、三味線の撥で弟子を叩くようなことは滅多に」

「敷居のところに、おまえさんのお手引がいるが、目は見えるようだ」

「あはは。弟子にもなれない気の利かぬ男で、これがほんとの明き盲で」

客の体を揉みながら、軽口まで飛ばす。

三十郎は今こそ馬鹿づらをせねばと、寄り目をしてみた。

「いい齢をした男が、按摩さんのお手引とはな」

「馬鹿と鋏は使いようでございますですよ。ところで、こちら様のお客さまのあいだでも、黒船騒ぎの話でもちきりでございましたでしょうね。あたくしなんぞ流行り唄で、もう知っております」

「そうかい。うちの上客たち大店の主人は、みなさん目端の利くもんだ。湊が開かれて異国と取引きとなったら、なにを売り、どんな物を買えるだろうって喧々諤々だ。昨日なんぞ、ここの二階にあつまって、呉服では若狭屋さんやら山形屋の若旦那らが――」

口をすべらしたかと、茶屋の主人は口を閉じた。

「ご心配は無用でございますです。取るに足らない按摩の一匹は、お湯屋へ参りましても人さまの着物に触れないよう気をつける小心者で。ただ今の話、もう右から左へ忘れましてございます。はい」

巧みなものだと、三十郎は粂市の弁舌に聞き入ってしまった。おのれを卑下し、同情を誘いつつ話をきちんと落として終わらせる。

これが出来たからこそ百両もの銭を本所の惣禄屋敷へ預け、あと二十両で座頭の官位が得られる粂市なのだ。

幕府に多額の冥加金を納めなければならない引手茶屋の主人より、座頭貸という高利の銭貸しとなる粂市のほうが、お大尽になるだろうと思いつつ、三十郎は若狭屋と山形屋の名を頭に入れた。

寄り目をしつづけたので、外に出た三十郎はしばらく立ちすくんでいた。眼は戻りづらいのだ。

お手引きとして粂市の杖をつかんだまま動かなかったので、不審がられた。

「具合でもよろしくありませんか」

「座頭の粂市さんの巧みさに、舌を巻いてしまったんでね」

「大家さん。あたしはまだ、位をいただいてませんです」

「今年の内に、店開きであろう。貸す先は廓見世か？」

「紅梅長屋の高利貸し、面白くなりましょうね。阿部川町なら、ここも近い」

「おい。裏長屋から、表へ引越すのではないのか？」

「地道に小商いを、チマチマとやっているように見せようと考えてます」

「なぜだ」

「傾いた貧乏所帯に、泥棒は入りませんです。それに見えない者には、狭いほうがなにかと手が届きやすいのですよ」

「好きにするがいいや。ときどき、おれも拝借に参るつもりでおる」

「十一でございますですよ」

「ひでぇな、十日で一割の利か。そこは大家といえば親も同然、負けてくれ」

「銭の貸し借りに、親も子もございません。はい、さようなら」

粂市は杖ひとつで、大門を指して歩きだしていた。

まずは〆香にご注進をし若狭屋と山形屋の名を伝え、ついでに奉行所の小山國介へ二軒の呉服屋を洗わせるつもりになった。

三十郎はひと仕事終えた気で、お蝶を預かっている芸者置屋へ足を向けた。

なんとしてでも〆香と懇意になり、男と女の仲をと、お蝶を繋ぎ役にせねばの心意気ゆえだった。

吉原芸者の置屋小松は、お母さん〆香の家と大きなちがいはないと、お蝶は思った。

抱えの芸者たちはもちろんのこと、ふたりの女中も女だが、箱丁まで女だったのにはおどろいた。

相撲取りほどとは言わないまでも、大柄で太い腕をもつ箱丁おさんとは、会ったとたん馬が合った。

「あらっ、この娘が浅草の〆香さんの？」

「お蝶と申します」

「利発そうだね。一重で吊りぎみの眼なら、気性も芸者向きだわ」

伝法な物言いだが、気に入ってくれたと思えたのは顔を近づけてきたからである。

「ちょいと、おまえさん本当に六つかい？」

「えっ」

戸惑ってしまい、見抜かれた。おさんには正直に言うべきと、衣紋をつくろった。

「小柄だから、子どもじみているほうがいいって……。ほんとは、八歳になります」

「だろうと思ったわよ。妙にしっかりしているんだもの。お侍の娘御なんですって？」

「内緒にねがいます」

頭を下げると、大きくうなずいてくれた。

「おさん姉さぁん。取り換えてちょうだい、帯」

出先から駈けつけたらしい芸者が、玄関口で声を上げる。

「あいよ」

腰を上げ簞笥を開けて一本の帯を手に出て行く女箱丁を、お蝶は追った。

「お客に醤油を、ひっかけられちゃった」

「気があるんだわよ、あんたに。帯が台無しになったので、買って下さいましって甘えてごらん」

「買ってくれなかったら？」

「お茶屋の女将に、泣きつくんだって。その客のお勘定を水増しして、おまえさんの帯代にまわしてくれるよ」

「そうしよっ」

帯の締め換えがもう終わっていたのに、お蝶は目を丸くした。

なんとも男っぽいと、おさんを見上げた。

色白で笑窪のあることで、愛嬌をつくっている。残念ながら、片眼が白く濁っているので男を遠ざけるようだ。

ところが、男と伍してというのではないらしいのは、お蝶の見る限り女らしさが見えたからである。

酔客相手が芸者稼業、それが嫌になったなら、お蝶も箱丁になろうかしらと考えた。

芸で身を立てるのも華々しいだろうが、男といっさい関わりなく生涯を終えるのも面白いかもしれないと、大人びたことを思った。

父の泉八郎がつぶやいたことがある。

「女がひとりで生きるには芸者か手習いの女師匠、あとは針仕事か女中くらいであろう。おまえの気質だと、婿を取ってもな……」

男嫌いと決めつけたわけではなかろうが、なんとなく当たっている気がしてきた。

浦賀の同心となったにもかかわらず、開国を主張した父は御家人を捨ててしまった。

残された一人娘は、もう婿を取ることも出来ないだろう。それはいいが、女が身を立てる算段を考えねばならないようだ。

おさんに弟子入りをしたいと言おうとしたところへ、紅三十郎があらわれた。

「物騒な折、玄関先におってはならんではないか」

いきなり説教じみたことを言われたが、これは親切心かと言うとおりにすることにした。

「あなた様が、娘さんの親御さまで？」

三十郎へおさんが問うのを、お蝶は強く首をふった。

「父には田舎くささがありません」

「田舎、くさい。おれが？」

心外なと、三十郎は口を尖らせた。

そんな町方与力を、お蝶は嫌いではなかった。堅物で正直者なのに、どこか能天気だからである。

まだ父の泉八郎が小普請組にあった時分は、絵に描いたような堅物をよく見かけたが、みな見栄坊で小心者ばかりだった。

が、三十郎は幕府御家人を鼻にかけることなく、正直に一途に生きていた。

――少し野暮だけど、こんな男なら妻女になってやってもいい。

笑ったお蝶に、おさんは笑い返した。三十郎を嫌っていないことを、見抜いたようだ。

「ちょっと待ってて、お茶くらい出すから」

台所へおさんが失せ、三十郎と二人になった。

「お母さんなら、まだお出先の茶屋です」

「分かってる。ところで今の女は、ここの女中か」

「いいえ。女の箱丁さんです」

「箱丁で女とは珍しいな。そうか、〆香の仕度を手伝うのも、今の者か」

「おさん姉さんと言います。物分かりがよくて、気っ風のいい人です」

三十郎は目を細め、なにか企んでいる素ぶりを見せた。こうしたときの野暮天は、ろくな結末にならないものなのだ。

「はい、甘酒。暑気払いには、これが一番」

盆の上に湯気を立てたものが、おさんによって運ばれてきた。

「そなた、女ながらに箱丁と聞いた」

「女だてらと仰言りたいのですかしら」

「皮肉ではない。実は……」

お蝶に聞こえないところへ誘った三十郎は、腰をかがめて頼みごとをしはじめた。

その横顔は、おかしいほど卑屈なくせに、妙にギラついていた。

一方おさんは眉間に縦の皺をつくり、三十郎を胡散くさそうにときどき舌打ちをするような顔をするのが可笑しい。

分からないながらも、子どもに聞かせたくない話は、男と女のことだろうと考えた。

だからといって、お蝶は毛嫌いしたりしない。浅草の〆香のところに預けられて以来、そうしたところをなんども見ている。芸者衆も手馴れたもので、あしらい方も巧みだった。

追う者がいれば逃げる者もいるし、互いに惹かれあっても成就しないのが恋である。

「大事なのはね、深刻にならないことよ」

大姐さんと呼ばれる芸者が、お蝶に恋の極意を教えてくれた。

なるほどと思ったのは、おさんのほうに極意が見えたからで、お蝶は胸をなでおろした。

廓見世のあちこちから、柝を打つ音が鳴りだした。引けと呼ぶ、見世終いの合図らしいが、ほんとうは一刻あとの大引けが大門の閉まる刻限らしい。

「一から十まで嘘いつわりの、お遊び世界。そうじゃなきゃ、やってられないところなのよ」

よく分からないなりに、分かった気にさせられたことばを思い出した。

三十郎が出て行ったのは、芸者置屋に男を泊めない掟があるからで、にせ親子であれば当然のことだった。

三

置屋の勝手口にヒソヒソと忍んだ声がしたのは、大引けとなる直前だった気がする。

というのも、お蝶はひとり寝床に就いてウトウトしていたからで、枕元に人が来た気配をおぼえ目をつむった。

父の泉八郎と、〆香だ。

「よく寝ているわ。そっとしておきましょう」

「娘の顔を見に来たわけではない」

さっさと踵を返した父に、お蝶は小さな頬をふくらました。

まだ芸者たちは帰っていないのか、泉八郎が置屋にいるのを咎める者はいないようだ。

襖が閉められ、ふたりは箱火鉢のある隣部屋で声をひそめて話しはじめた。

「ですから、お蝶さんと父娘して暮らすのが一番じゃありませんか」

「国を憂えて、わたしは立ち上がった。今さら覆すつもりは毛頭ない」

「それじゃ娘さんが、貧乏籤を引くことになります」

「武家の娘なれば、致仕方あるまい。女郎に落ちぶれぬよう、芸者のそなたに預けたのだ」

「……。芸者だって、ときには意に沿わぬお人と――」

「意に沿うとか沿わぬとか、その理屈で申すなら武家の妻女とて親同士の勝手な話し合いで嫁がねばならぬのだ。どこに、意に沿う男と暮らす妻女があろう」

父の声が幾分強くなって、お蝶はすっかり目を覚ましてしまった。

「女だって好きな殿御と、所帯をもてたらって思います」

「夢だな。それは男とて同様。が、好いた者同士が引っ付く野合など、下世話な町人が致すもの」

「や、野合とはなんて言いようをっ」

〆香の声が上ずり、甲走って聞こえた。

お蝶はやごうのことばを知らなかったが、犬や猫と同じということらしい。

女が男に抱かれるものなのは、なんとなく知っている。しかし、相手の男が不潔で傲慢だったらと、お蝶は考えてしまった。

――侍の娘なら、辛抱……。

考えたところで、これが世の中なのだからと宿命を呑むほかないと肚を据えるしかあるまい。

父が嘆きを口にしはじめた。

「江戸に戻っておどろいたのは、幕臣も藩士も右往左往していたことである。質屋に預けたままの鎧兜を受け出したはいいが、着け方も分からない。それに乗じて、道具屋は埃まみれの具足を蔵から出して売りだした。また大奥では、黒船退散の祈禱三昧だとか……」

「でも、市中の蘭学塾は盛況だって聞きました。あなた様と同じ、異国を知ろうとなさっている方も大勢いらっしゃいます。浦賀に来ていた佐久間さまも、塾を開かれるって」

「象山が――」

「それだけじゃありません。紅さまが聞きつけた江戸の大店は、早くも異国との取引きを見据えているそうです」

「商機と見てか……」

「ですから、あなた様だけが交易をすべきと言い立てているわけじゃありません。時節を待てば、きっと海路の日和ありです」

「待つだけでは、なにもせぬことになる」

「蘭学塾のお手伝いを、してみてはいかがでしょう。今までのお勉強が、役立つはずです」

お蝶は〆香の提案を聞いて、大きくうなずいた。

「役立つかもしれぬが、お蝶を連れて塾に寄宿するのは――」

「あたしが見ます。芸者にも、させません。武家育ちほどにはできないでしょうが、きっとそれなりの娘御に育ててみせます」

〆香のきっぱりとした物言いに、お蝶は目頭を押えた。

「有難い申し出だが、そなたに返せるものはない」

「返すって？」

「銭なり」

「いいんです。お国のために、立派な働きをなさるんじゃありませんか。あたしは、そのお手伝いをすることになるでしょう」

　ガラガラ。

　置屋の玄関が開いて、女将をはじめ抱えの芸者たちがドヤドヤと帰ってきたのだ。

「ただいまぁ」

「静かにおしって。〆ちゃんが娘と寝ているんじゃないか」

　みんなで呑んで来たらしいのは、口調だけでなく脱ぎ捨てる草履の音で分かった。

　父の泉八郎と〆香は、あわてててお蝶の寝ている部屋に入ってきた。

「おれの草履が、玄関に」

「大丈夫。酔ってるんですもの、気づきゃしないわ」

　声をひそめる二人に気づかれないよう、お蝶は横を向いて目を閉じた。

　四畳半が、〆香とお蝶に与えられた部屋である。夜具がふた組、広いわけもないところに父と〆香は膝を付け合うような恰好ですわっている。

「見つけられてはならぬゆえ、折を見てここを出よう」

「ここは吉原の廓内です。大門が開くのは、明六ツの少し前。それまでは……」

唐紙一枚の向こうに、帯を解く芸者たちがいた。二人はまるで押入った泥棒のようだった。

じっとして隣の物音を聞いているであろう父の姿が、気の毒ながら可笑しかった。

芸者たちが二階へ上がり、女将だけが残った。そのまま厠へ用足しに入る音がした。

「今の内なら。夏ゆえ外で寝られる」

「駄目。廓内で野宿は、咎められます」

「そうか。しかし、男がいたと見つけられたら、どうなる」

「追い出されるだけですから」

「困るであろう」

「あたしには浅草に、住まいがございます。野村さま父娘のお二人くらい、いつだって。ねっ、そうなさいましよ明日から」

「髪結の亭主になれと――」

「いやねぇ、その言い方。お国のためにと名乗る志士だかは大店に押し入って、無心まがいなことまでしています。それに比べりゃ……」

〆香のことばが湿り気を帯びているのを、お蝶は感じた。

いつもとちがう。その刹那、衣ずれの音がしたと思うと嗅いだことのない匂いが部屋に満ちはじめた。

「うっ」

父なのか〆香なのか、呻き声が上がった。息づかいは荒く、部屋中が熱を帯びてきた。

——まさか、父上は脇差をお母さんの喉に。

目を開けたお蝶が見たのは、唇をあわせ互いをかき抱く二人の姿だった。

離れようともせず、息をはずませながら一つになっていた。

「わたしと所帯を、もってくれぬか」

「いきなり、そんなこと」

「意に沿う男と、わたしを見てくれたのではないのか」

「でも、あたしは大年増です」

「年上の女は、金の草鞋を履いてでも探しだせと申す」

「三十五にもなるお婆ちゃんで、肌は年々乾いてくるし、このあいだ白髪を見つけました」

「構わぬと申すより、そなたに惚れた」

「ほ、惚れた……」

「髪結の亭主を、甘受致す」

ふたりが唇をあわせてふたたび抱き合ったとき、厠から女将が出てくる音がした。


翌朝、父と〆香は揃って女将を前に、両手をついた。

「そのようなわけで、ご迷惑を掛けましたことを謝まります」

「いいのよ、〆ちゃん。お侍のご亭主なんて、素敵だわ。噂じゃ、男嫌いって言われていたんだもの」

「年上女房なんて、すぐに叩き出されるかも」

「なに言って、お蝶ちゃんの顔を見れば分かるわ。新しいおっ母さんは、死んでも離しませんって」

置屋の女将の言うとおりと、お蝶は〆香の手を握った。

これほど美味(おい)しい朝ごはんを、食べたことはないと、吉原芸者たちに囲まれながら箸を動かした。

女箱丁(おんなはこや)のおさんが困り顔を見せ、あらわれた。

「おや、早いね。おまえさんも朝ごはん、どうだい？」

「あれま。お侍さんの顔が、夕べとちがうお人じゃないの」

「顔がちがうって、どういうことよ。おさんさん」

「昨日の晩、按摩(あんま)さんのお手引きを装ってた侍がいたでしょ」

「南町の紅さまだわ。あの方が、なにか？」

「あれが奉行所の役人っ――」

「与力さまらしいけど、言伝(ことづて)でも頼まれたの？」

「頼まれたなんていう簡単な話じゃないわさ。あたしにこんな物よこして、〆香姐(ねえ)さんにそれとなくって」

半紙を折って結んだものを、おさんは女将に手渡した。

「付文(つけぶみ)じゃないの、〆ちゃんへの」

結んだ半紙を当の本人へ差し出すと、〆香は一同にお辞儀をして読み上げた。

「なかなか達筆だわ。では参ります。明けの鐘ゴンと鳴るころ三日月の――」

「聞いたことのある和歌だけど、都々逸だわ。素養があるってとこを、見せたいんじゃない？」

　女将がまぜっ返した。

「先をつづけます。鳴るころ三日月の、鬘を変えて吉原の、廓にありし二人が身の上――」

「かつらって芝居で頭に載せるあれかしらね？」

　芸者の一人が問うのを、泉八郎が答えた。

「木を左に書いて、右に土ふたつ重ねた桂と掛けている。月の桂とは唐の国の登用試験に関わる話で、おそらく付文の相手に通るか通らないかをそれとなく匂わせているのだろう」

「まぁ洒落ていること。でも〆ちゃん、断わるんでしょ」

　〆香は小さくうなずいて、つづきを読んだ。

「いとしいとしの、〆香さま。せめてお御足その指先に、頬ずり一つねがえれば、思いは叶い候。これでおしまい」

「あはは。顔を踏んづけておやりよ、〆ちゃん。喜ぶかもしれないわ」

「やだぁ〜」

芸者たちが大笑いした。しかし、お蝶には笑った意味が今ひとつ分からない。

〆香は気の毒なと目を伏せ、父の泉八郎は攘夷浪士の手から守ってくれた三十郎を虚仮にできるはずがなく、唇を引き結んでいた。


置屋の女たちに見送られ、新しい親子三人は大門を出た。

思いのほか大勢の男たちが名残り惜しげに帰るあたりに、柳の木が風になびいているのがサヨウナラと言っているようだった。


昨日の付文はと、三十郎は女箱丁の家を訪ね歩いた。

ようやく探しあてたものの、留守だという。

「どこへ出向いたかな？」

隣家の男芸人に訊いても、要領を得ない。待たせてもらうかと言えば、女ひとりの家ですよと不審がられた。

廓の朝ほど淋しいところはないと聞いていたが、吉原の里に暮らす者は遊女ばかりではなかった。見世の男たちから廓内の商家の者まで含めて一万人近いのだ。

「大根お〜、大根お〜」

「ええ笊に籠。お直しも、承ります。ええ笊に籠」

物売りも賑かだ。朝湯へ入る男衆たちや、買物帰りの女中もいる。

三十郎は路地から出てきた鯰髭の男に、声を掛けられた。

「御仁。出ておりますな、はっきりと」

「出ておるとは、なにが」

「眉間に光るもの一つ、大願成就まぢかしと」

「占いか」

「うむ。易学を三十余年、湯島聖堂にも学んでおる」

男は易学算術とある書物を小脇に、エヘンと咳払いをした。

「朝から仕事か」

「花魁の望みにて、夜半まで診ておった。御仁には、想う女ありと診るが、如何かな」

「大願成就と申したが、まことか？」

「いかにも。ただし、どのように致せば叶うかは見料をいただかねば」

「幾らだ」

「一分と申したいところなれど、早朝ゆえ二朱にて診て進ぜよう」

路地奥にいざなわれた三十郎は、掌を差し出した。

答は一つだった。

ひたすら待て。

相手に関わる一切を思わず、日々の仕事に精を出せば、必ずや成就すると言い切られた上、すぐにもこの場を立ち去れという。

三十郎は信じるまま、吉原の大門をあとにした。

ゆるやかな五十間道を下り、日本堤の土手に出た。後ろをふり返ることなく、黙って猪牙舟に乗った。

夏の朝風が、なんとも心地よい。

土手の上を見憶えのある子どもの赤い帯が行くのを見て、目を閉じた。

「見て思い出すのも、いかん……」

猪牙舟は土手の上の赤い帯を追い抜き、大川へ向かった。

山谷堀に、お蝶は三十郎を見つけた。親たちに気づかれぬよう、口に出さないことにした。

知らぬまに小糠雨（こぬかあめ）が、誰へも隔たりなく降りはじめた。

コスミック・時代文庫

やさぐれ長屋与力
お奉行の密命

2023年10月25日　初版発行

【著 者】
早瀬詠一郎

【発行者】
佐藤広野

【発 行】
株式会社コスミック出版
〒154-0002 東京都世田谷区下馬6-15-4
代表　TEL.03(5432)7081
営業　TEL.03(5432)7084
　　　FAX.03(5432)7088
編集　TEL.03(5432)7086
　　　FAX.03(5432)7090

【ホームページ】
https://www.cosmicpub.com/

【振替口座】
00110-8-611382

【印刷／製本】
中央精版印刷株式会社

ISBN978-4-7747-6507-5 C0193

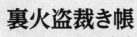